MEIN NAME IST MO

Mein Dank gilt allen, die das Erscheinen diese
Buches ermöglicht haben.

Werner Ofner

2. Auflage: 3. - 4. Tausend 1994

© Werner Ofner/Neue Erde GmbH 1991
Alle Rechte vorbehalten.

Umschlaggestaltung: Dietmar Löffler

Printed in Germany

Druck und Bindung: WB-Druck, Rieden am Forggensee

ISBN: 3-89060-310-6

Neue Erde Verlag GmbH
Rotenbergstr. 33 - D-66111 Saarbrücken
Deutschland - Planet Erde

MEIN NAME IST MO

Inhaltsverzeichnis

Einführende Erläuterungen

Zu Pfingsten 1988 bekamen wir den ersten bewußten Kontakt mit MO.

Wir, das sind: mein Mann, durch den MO sich artikuliert, unser Sohn, zu der Zeit 16 Jahre alt, unsere Tochter, 1 Jahr alt, und ich, zuständig für die Mitschrift der Texte.

MO, der Autor dieses Buches, ist eine nicht inkarnierte Wesenheit und nach eigener Aussage eine Art Lehrer aus einer „anderen Dimension".

Er trat von Anfang an als liebevolle Intelligenz und natürliche Autorität in Erscheinung.

Er selbst äußert sich zu seiner Identität folgendermaßen:

„Wie ihr alle, bin auch ich Teil Gottes oder wie ihr dies nennen wollt. Als solches bilden alle Menschen eine Einheit und sind in der Einheit doch ein Individuum. So gesehen bin ich ihr und ihr seid ich, und gleichzeitig ist jeder von uns er selbst.

Wir alle kehren dereinst zum göttlichen Ursprung zurück, und zwar in jenem Augenblick, in dem wir das Göttliche in uns erkannt haben.

In der gesamten Schöpfung gibt es keine Trennung. Alles ist eine Einheit.

Ihr wie ich seid jeder Baum, den ihr seht, jeder Stein, auf den ihr tretet, jeder Tropfen Wasser, der euch benetzt, jedes Lebewesen, dem ihr begegnet, jeder Stern.

Der einzige Unterschied, der zwischen uns besteht, ist der, daß ich mir dessen bewußt bin, daß ich all das bin, während ihr erst lernen müßt, zu euch zurückzufinden."

An anderer Stelle beantwortet MO die Frage, wie er uns hier sähe:

„Zuallererst nehme ich euch wahr in eurer Gesamtheit, die eure Vergangenheit, eure Gegenwart und eure weitere Entwicklung umfaßt.Diese Wahrnehmung ist in ihrer Intensität nicht beschreibbar.Ich will es trotzdem versuchen.

Sobald jemand von euch den Impuls oder den Wunsch in sich verspürt, in irgendeiner Form mit mir in Kontakt zu treten, nehme ich dies wahr und nehme meinerseits Kontakt mit eurem Selbst auf. Dieses liefert mir eine Unzahl von Informationen, aus denen ein Bild entsteht, in welchem all diese Informationen enthalten sind. Dieses Bild ist nicht statisch, sondern in ständiger Bewegung. Diese Bewegung deutet mir die Stärke und die Richtung eures Energieflusses an, ebenso verändern sich die Farben dieses Bildes.

Ihnen entnehme ich die Informationen über euren emotionalen Zustand.

Versucht euch vorzustellen, daß darüber hinaus ein sich ständig bewegendes, dreidimensionales Bild entsteht, in dem ihr in all euren Erscheinungsformen eures irdischen Daseins vorhanden seid.

Darüber hinaus ist es mir auch möglich und äußerst angenehm, euch ganz einfach so zu sehen, wie ihr euch seht, wenn ihr einen Spiegel benutzt.

2

Wenn ich mit euch spreche, dann befinde ich mich hier in diesem Raum und stelle mich auf die Bedingungen, die in dieser Dimension herrschen, ein. In ähnlicher Weise, wie ich mich auf das Sehen einstelle, stelle ich mich auch auf die Sprache ein, denn ich komme aus einer sprachlosen Dimension."

Die MO–Texte entstehen folgendermaßen:

Werner fällt in einen leichten Trancezustand, woraufhin MO sich seiner Stimme bedient. Die Stimme verändert sich nicht, die für MO typische Sprechweise unterscheidet sich deutlich von der Werners.

Obwohl aus der Literatur mit ähnlichen Phänomenen vertraut, waren wir doch anfangs überrascht und erstaunt über einen derartigen Kontakt mit einer Wesenheit, deren Äußerungen uns mit Interesse und Faszination erfüllten.

Unsere anfängliche Skepsis, besonders die Werners, wurde von MO's liebevoll persönlichem Umgang mit jedem einzelnen von uns und von der Qualität und Kraft seiner Worte zunehmend zerstreut.

Beispielsweise ging MO von sich aus auf jede Erkrankung oder Unpäßlichkeit von uns ein, zeigte die Ursachen auf und gab uns einfache und effektive Heilvorschläge zur Hand.

Stets sind seine Worte auch getragen von großem Weitblick, von Liebe und Toleranz.

Mehrere Monate hindurch hatten wir nur private Sitzungen, zunehmend nahmen auch Freunde daran teil, dann deren Freunde und Bekannte. Derzeit finden laufend private Sitzungen für Menschen, die darum ersuchen, statt.

Im November 1989 begann eine Serie von allgemein zugänglichen Sitzungen, in denen MO zu Themen von allgemeinem Interesse Stellung nimmt.

Das vorliegende Buch gibt die ersten allgemein zugänglichen MO–Sitzungen wieder.

Die Mitschriften erfolgen wörtlich, da der Text laut wiederholter Hinweise MO's ein Energieträger ist und zudem mehrschichtig.

Erfahrungsgemäß erhält man bei mehrmaligem Lesen oft anfangs nicht erkannte Aufschlüsse.

Und ähnlich, wie die Begegnung mit einem Menschen an sich wirksam sein kann, ist es auch gut, den Text einfach auf sich wirken zu lassen.

Die menschliche Existenz

Sitzung vom 22. 11. 1989

Einen schönen guten Abend.
Eine neue Seele in unserer Runde, die ich herzlich begrüße.
Diese sogenannten allgemein zugänglichen Sitzungen sollen zum einen dazu dienen, Informationen weiterzugeben, von denen wir annehmen, daß sie dazu beitragen, den Menschen zu sich selbst zurückzuführen und darüber hinaus mehr Freude, Zufriedenheit und Glück in diese Welt zu bringen, zum anderen soll die Möglichkeit geboten werden, Fragen zu stellen, die nicht unbedingt eure privaten Sorgen und Nöte betreffen, sondern von allgemeiner Natur sind.
Vielleicht ist es uns möglich, eine Art philosophischer Gespräche einzuleiten, in denen ein Austausch zwischen euch und uns stattfindet.
Da keine Begegnung so abläuft, daß nur einer davon profitiert, sollten wir dies auch in unserem Fall im Auge behalten; wenn alle Beteiligten Nutzen daraus beziehen können, werden diese Gespräche ausnehmend fruchtbar sein.
Wie ihr auch, so habe auch ich in vielen verschiedenen Zeiten auf dieser Erde gelebt und kenne die Bedingungen und Lebensumstände, die euch umgeben.

Ebensowenig wie eines meiner unzähligen Leben, ist keines eurer Leben der Aufarbeitung von Fehlern aus verschiedenen Leben gewidmet. Jede eurer unterschiedlichsten Existenzen bildet eine abgeschlossene Einheit in sich und fügt sich doch nahtlos in ein gesamtes Konzept ein.

Wir verbringen soviel Zeit auf dieser Erde, wie notwendig ist, unser ganzes Sein restlos mit Liebe auszufüllen. Auch lernen wir mehr und mehr, uns auf uns selbst zu reduzieren, was dazu führt, daß wir anfangen, uns selbst zu genügen und in dieser Genügsamkeit gleichzeitig entdecken, daß wir göttlichen Ursprungs sind und dadurch über die gleiche Schöpferkraft verfügen, die diesem Ursprung innewohnt. In jedem unserer Leben führen wir durch Erkennen unserer Möglichkeiten, unserer Kraft und unserer Kreativität dem göttlichen Funken in uns neue Nahrung zu, bis letztendlich eine lodernde Flamme entsteht, in der wir uns ständig erneuern.

Unserer Entwicklung sind keine wie immer gearteten Grenzen gesetzt, und da wir seit Ewigkeiten bestehen, befinden wir uns gleichsam ständig am Anfang und am Ende. So entdecken wir uns immer neu, und dieses Neue führt uns in immer lichtere Höhen, bis wir letztendlich erkennen, daß wir nichts und alles in einem sind.

Um diese Art von Sitzungen nicht zu einer Schulstunde werden zu lassen, würde ich vorschlagen, daß ihr in Hinkunft die Pause dazu benützt, euch mit den Informationen zu beschäftigen, und daß daraus entstehende Fragen nach der Pause in einer

Art Dialog abgehandelt werden können. Es ist mir sehr darum zu tun, an Stelle eines Monologs meinerseits ein echtes Gespräch mit euch zu führen. Für heute wollen wir es so halten, daß ich noch ein wenig zu der einen oder anderen Stelle des vorhin Gesagten Stellung nehme und im Anschluß daran allfällige Fragen beantworte.

Ich kenne die Neugier, das Thema eurer Reinkarnationen betreffend, und obwohl ich die Meinung vertrete, daß diese im wesentlichen nur am Rande mit eurer jetzigen Existenz zu tun haben, werde ich mich diesem Thema auf meine Weise nähern.

Bevor jeder Einzelne von euch diese Erde zum ersten Mal betreten hat, verfügte er bereits über sämtliche Erfahrungen, Informationen und das Wissen, alle seine zukünftigen Leben betreffend.

Ihr kamt als Götter in diese Welt, und doch ginget ihr den umgekehrten Weg. Ihr ließet nämlich euer Wissen um eure Göttlichkeit zurück, um so in Erfahrung zu bringen, wie es möglich wäre, dieses Wissen auf kürzestem Weg wieder zu erlangen.

Niemals auch kamt ihr allein, immer wart ihr von einem Kreis von Freunden umgeben. Auf eurem langen Marsch durch die Zeit habt ihr euch abwechselnd aus den Augen verloren und seid euch wieder neu begegnet. Doch immer hieltet ihr über alle Abschiede hinweg eure Verbindung aufrecht.

Wenn ihr dieses Wissen darüber in eure jetzige Existenz übertragt, werdet ihr feststellen, daß selbst die flüchtigste Begegnung Erinnerungen in euch wach-

zurufen vermag, die euch Einblick in eure Gesamtexistenz ermöglichen.

Ihr werdet so deutlicher Zusammenhänge erkennen, und was viel wichtiger ist, mit diesen Erinnerungen wird auch das damit verbundene Wissen in
euer Leben treten. Dieses Wissen wiederum ist der
Schlüssel, der weitere Türen öffnet und euch
weitere Geheimnisse eures Selbst eröffnet.

Ihr seht also, daß es sich lohnt, nicht nur euren All-
tagssorgen Aufmerksamkeit zu schenken, sondern
darüber hinaus allem, was euch begegnet.

Darüber hinaus löst dieses durch die Aufmerksamkeit gehobene Wissen euer Verhaftetsein an eure irdische Existenz auf und gestattet euch Zutritt zu weit
größeren Dimensionen eures Seins.

Nun genug der Worte von meiner Seite. Es ist an
euch, eure Stimme zu erheben.

Frage: Welche Funktion hat unser Körper?

Ähnlich wie diese Welt ist auch euer Körper eine Illusion und als solcher in Wahrheit nicht existent.
Das einzige, was existiert, ist der Geist. Dieser
schafft den Körper, und ähnlich wie in anderen Bereichen geht es darum, zu erkennen, daß der Geist
es ist, der in der Lage ist, euren Körper so zu schaffen, daß er in ein allgemeines harmonisches Le-
bensgefühl integrierbar ist. Wenn ihr geboren werdet, verfügt euer Körper im allgemeinen über eine
ausgesprochen gute Konstitution.

Im Grunde könnte euer Körper, ähnlich wie euer
Geist, ewig weiter bestehen. Ihr schafft euch einen
irdischen Körper auch deshalb, um zu lernen, euch

ständig neu zu schaffen. Würdet ihr euer beschränktes Denken aufgeben und euch eurer Schöpferkraft bedienen, gäbe es weder Krankheit, noch den durch den Tod bedingten Zerfall eures Körpers.

Frage: Weshalb ist unser Denken so beschränkt?

Weil ihr dem, was von außen an euch herangetragen wird, mehr Vertrauen schenkt als eurer inneren Stimme, und weil ihr euch weigert, die Botschaft über die Kraft eures Geistes, die, seit es Menschen gibt, nie verstummt ist, aufzunehmen.

Frage: Weshalb gibt es diesen Schleier, der uns vergessen läßt, woher wir kommen und wer unsere Freunde waren?

So lange ihr der Meinung seid, es gäbe den Schleier zwischen euren verschiedenen Leben, gibt es diesen. Denn ihr schafft ihn ständig neu. Jeder von euch kann auf Erfahrungen zurückblicken, in denen ihr in einer Begegnung das intensive Gefühl des Erkennens hattet. In solchen Momenten wäre der Ansatz für ein endgültiges Verschwinden des Schleiers zu finden.

Gestattet mir, an dieser Stelle noch einen organisatorischen Vorschlag zu machen: Ich würde vorschlagen, daß bei den Mittwochsitzungen jeder Teilnehmer, einschließlich mir selbst, sich auf eine einzige Frage beschränkt. Dies wäre eine gute Möglichkeit, den Blick für das Wesentliche zu schärfen. Vielleicht könnt ihr euch nach der Sitzung mit diesem Vorschlag auseinandersetzen.

Im übrigen habe ich sozusagen in diese erste allgemeine Sitzung ein Eröffnungsgeschenk mitgebracht, wobei die Annahme des Geschenks jedem freigestellt ist.

Jedem von euch wird es möglich sein, sich innerhalb sehr kurzer Zeit ohne Anstrengung von seiner Lieblingsangst zu trennen, vorausgesetzt, ihr wünscht es.

Nun ziehe ich mich zurück, wünsche euch einen schönen Abend und hoffe, euch in einer Woche wieder zu sehen.

Öffnen des Herzens

Sitzung vom 29. 11. 1989

Einen schönen guten Abend Freunde.
Mit Freude begrüße ich alle Anwesenden, mein Gruß gilt aber auch allen jenen, die euch in Gedanken begleiten und mit einem Teil ihres Bewußtseins ebenfalls hier anwesend sind.
Jeder von euch bringt einen Teil seiner Welt in diese Runde ein, und im Verlaufe dieser Sitzungen sollte sich aus diesen Teilen das Bild einer schöneren und besseren Welt für euch ergeben.
Mein Name ist MO, und ich spreche zu euch aus einer Dimension, die ihr früher oder später ebenfalls erreichen werdet, und ich kenne eure Sorgen, Ängste und Nöte, in gleicher Weise aber weiß ich auch, um wieviel mehr Freude, Gelassenheit und Zufriedenheit euch euer Dasein auf dieser Erde zu bieten hat.
Ich habe die gleichen Erfahrungen wie jeder einzelne von euch und bin mir bewußt, wie schwierig es sein kann, eingefahrene Wege zu verlassen. Wißt auch, daß niemand von euch, egal, in welcher Situation er sich auch befinden mag, ohne Hilfe ist und bleibt.
Je mehr ihr erkennt, daß ihr göttlichen Ursprungs seid, umso leichter wird euch der Zugang zu dem in euch schlummernden, gewaltigen schöpferischen

11

Potential sein. Es ist an euch, dieses Potential zu entdecken und euch seiner zu bedienen.

Mit eurer Geburt habt ihr euch dieses Recht erworben, und im Grunde besteht eure einzige Aufgabe in diesem Leben darin, euch dieses Potential für euch selbst und somit auch für andere zu erschließen.

Alles was ist, was war und was sein wird, ist in euch. Was ihr auch sucht, ihr könnt es letztendlich nur in euch finden.

Niemals führt die Suche außerhalb eurer selbst zu irgendeiner Veränderung.

Wenn ihr euch dies bewußt macht und gleichzeitig beginnt, euch selbst zu lieben und zu achten, werdet ihr eines Tages erkennen, daß alles was ist, gut ist.

Wenn ihr euch schlecht fühlt, wenn Ängste, Sorgen und Nöte euch plagen, wenn ihr meint, Schuldgefühle empfinden zu müssen ob eures Tuns und Lassens, dann öffnet euer Ohr eurer inneren Stimme, und ihr werdet erstaunt sein, um wieviel liebevoller diese mit euch umgeht.

Ihr werdet erkennen, daß das meiste von dem, was euch bedrängt, sich durch die Liebe zu euch selbst einfach auflöst.

Glaubt nicht denen, die euch weiszumachen versuchen, Leid sei eine notwendige Erfahrung, um den Menschen auf den rechten Weg zu führen. Wisset vielmehr, daß jeder von euch, ganz gleich, was er tut, sich im Grunde auf dem rechten Weg befindet.

Das, was euch diesen Weg durch die Zeit manchmal so wenig freudvoll erscheinen läßt, ist die kritiklose Übernahme von Konventionen, Traditionen und Moralvorstellungen, welche ihren Ursprung nicht in euch haben, sondern welche ihr von außen übernommen habt.

Wenn ihr euch dazu aufraffen könnt, euch selbst als die einzige Instanz für die Beurteilung eures Daseins in Frage kommen zu lassen, werdet ihr mit Erstaunen feststellen, um wieviel größer eure Möglichkeiten zur Gestaltung eures Alltagslebens geworden sind.

Jede eurer Erfahrungen trägt grundsätzlich einen überaus positiven Aspekt in sich. Durch eure gedankliche Fixierung auf die Notwendigkeit des Leidens formt ihr diesen positiven Aspekt so lange um, bis ihr tatsächlich nur mehr das Leid in euren Händen haltet.

Wenn ihr dies tut, bedient ihr euch im Grunde der gleichen Schöpferkraft. Mit einem weit geringeren Aufwand an Energie könntet ihr wahre Wunder vollbringen.

Die einzige Verantwortung, die ihr habt, ist jene für euch.

Jeder Einzelne von euch ist der Mittelpunkt der Schöpfung, und als solcher seid ihr aufgerufen, dieser Schöpfergabe Ausdruck zu verleihen und andere an dieser Schöpferfreude teilhaben zu lassen. Dies aber ist nur möglich, wenn ihr lernt, euch selbst zu befreien und neu zu schaffen. Mit Recht werdet ihr fragen, wie dies nun möglich sei.

Öffnet zuerst euer Herz. Mit der Öffnung eures Herzens werden sich eure Alltagserfahrungen sehr rasch verändern, und alle weiteren Schritte werden sich von selbst ergeben.

Wenn ihr euch selbst die Liebe entgegenbringt, die ihr von anderen erwartet, dann öffnet ihr euer Herz. Niemals verweigert euch euer Leben irgend etwas, was ihr selbst euch gestattet.

Pause.

Ich habe mit Interesse eurem Gespräch gelauscht und werde mir erlauben, im Laufe der nächsten Sitzungen den einen oder anderen Punkt genauer zu durchleuchten.

Was euer Zeitproblem anlangt: die einzige „Zeit", die euch in Wahrheit zur Verfügung steht, ist der Augenblick.

Frage: Was ist der Unterschied zwischen Seele und Geist?

Der Geist ist nicht dem Werden und Vergehen unterworfen. Die Seele ist das, was bei jeder neuen Existenz neu in euch existiert und sich nach der Trennung von eurem Körper im Universum wieder auflöst.

Die Seele begleitet euch sozusagen von eurem Eintritt in diese Welt an bis zu eurem irdischen Tod. Sie trägt in sich alles Wissen um eure Individualität, eure Möglichkeiten, eure Fähigkeiten, und ihre Aufgabe besteht darin, euch davor zu bewahren, der Illusion eures irdischen Daseins gänzlich anheimzufallen. Durch sie erhaltet ihr Kenntnis von dem, was ihr seid. Darüber hinaus verbindet die Seele euch mit eurem Geist. Nur über die Seele ist ein Zugang zu diesem möglich.

Verwechselt nicht Geist und Verstand, denn der Verstand ist letztlich nichts anderes als eine Körperfunktion und als solche an diesen gebunden.

Euer Geist aber hat nie begonnen zu existieren und wird nie damit aufhören, es zu tun.

Frage: Ist unser Selbst somit mit unserem Geist identisch?

In vereinfachter Form ausgedrückt ist es das. Darüber hinaus ist der Geist dazu ausersehen, Dimensionen zu erreichen, in denen selbst das Selbst sich auflöst und sich seiner selbst doch bewußt bleibt.

Ihr seid göttlichen Ursprungs, und der Geist ist die Manifestation Gottes.

Fürs erste hoffe ich, daß diese Information genügt. Laßt sie auf euch wirken, möglichst ohne sie allzusehr intellektuell zu strapazieren.

Die Auswirkungen dieses Wirkenlassens werden euch verblüffen.

Aus euren „Heiligen Schriften" solltet ihr wissen, was geschehen kann, wenn der Geist zu wirken beginnt.

Gibt es von den in diesem Raum schwebenden Fragen noch eine artikulierte?

Frage: Wie ist das zu verstehen: „Wenn der Geist zu wirken beginnt?"

In allen Schriften geht das Wirken des Geistes damit einher, daß sich die Möglichkeiten der Menschen, die dieses Wirken zulassen, um ein Vielfaches steigern und die Lebenserfahrungen nicht mehr nur an diese irdische Existenz gebunden sind.

Das Wirkenlassen führt zu einem selbständigen Fließen der schöpferischen Kraft.

Andere Dimensionen des Seins eröffnen sich, eine ungeahnte Freiheit und eine Auflösung der irdischen Begrenztheit in vielen Bereichen ist die Folge.

Es wäre ein durchaus lohnender Versuch.

Reicht diese Antwort?

Ja.

Gibt es noch eine Frage?

Wenn nicht, danke ich für euer Dasein, wünsche allen eine gute Heimfahrt, einen angenehmen Abend noch, und mit Freude sehe ich unserer nächsten Begegnung entgegen.

Gute Nacht.

Begrenzungen

Sitzung vom 6. 12. 1989

Einen schönen guten Abend.

Mit Freude begrüße ich unsere beiden neuen Gäste, den anderen danke ich, daß sie sich die Zeit genommen haben, und erlaube mir, am Beginn der Sitzung dem Geburtstagskind in unserer Mitte meine herzlichsten Glückwünsche zu übermitteln.

Geburtstage haben es sozusagen in sich, und ihr solltet eure Aufmerksamkeit in diese Richtung ein wenig erhöhen. Oberflächlich gesehen werdet ihr mit jedem dieser Erinnerungstage älter, in Wahrheit aber seid ihr ständig gleich alt.

Ihr steht in jedem Augenblick eures Daseins an dessen Anfang und dessen Ende.

Das, was ihr als scheinbar kontinuierlichen Ablauf der Zeit empfindet, ist in Wahrheit eine Konstruktion, die entstanden ist, um Unbegreifliches begreifbar zu machen, und um es euch zu ermöglichen, in eurer derzeitigen Begrenztheit überhaupt zu agieren.

Es bedarf nur eines kleinen Schrittes, um dieser Begrenztheit zu entfliehen, und in euren Träumen, manchmal aber auch in stillen Augenblicken, vergeßt ihr die Angst und erfahrt, daß Raum und Zeit nicht existieren.

Man hat euch gelehrt, daß diese eure Begrenztheit die einzige für euch erfahrbare Realität darstellt.

Zusätzlich ist eure Wissenschaft und euer sogenanntes logisches Denken von diesen Vorstellungen geprägt, und ihr seid geneigt, alles, was von diesen Vorstellungen abweicht, als paranormal zu bezeichnen.

Würde es euch möglich sein, euch selbst in eurem Wirken in unzähligen Dimensionen des Seins zu beobachten, würdet ihr mit Freude eurer sogenannten realen Welt den Abschied erteilen.

Jeder von euch verfügt im Grunde über alle Fähigkeiten, die nötig sind, sich selbst außerhalb dieser Begrenzung zu erfahren. Wenn ihr mit Staunen Beschreibungen über Erfahrungen anderer Menschen in anderen Seinsformen lest, taucht bei dem einen oder anderen stärker oder weniger stark wohl auch eine Ahnung seiner eigenen Fähigkeiten auf.

Viele dieser Fähigkeiten liegen knapp unterhalb der Schwelle eures Bewußtseins, und wenn ihr euch die Mühe machtet, zum einen in euch hineinzuhören, und zum anderen dem zu glauben, was ihr hört, könntet ihr sie ohne allzu große Mühe gleich einem Schatz ans Licht eures Bewußtseins heben.

Ihr tragt alle Möglichkeiten, bis hin zur Erkenntnis des Göttlichen, in euch.

An dieser Stelle schlage ich euch ein kleines Experiment vor: bis zur nächsten Sitzung wird jeder von euch in einem Traum auf eine für ihn in seiner momentanen Situation wichtige Fähigkeit aufmerksam gemacht werden. Ebenso wird der Traum einen Hinweis darauf enthalten, wie ihr euch dieser Fähigkeit bedienen könnt. Wichtig ist, daß ihr zulaßt,

18

was kommt und nicht urteilt. Weiters wäre es gut, sich auf das Gefühl hinsichtlich dieser Fähigkeit zu verlassen.

Es ist nun nicht notwendig, jeden Traumtext und jeden Traumrest der kommenden Woche zu durchleuchten. Der besagte Traum wird von starken Emotionen begleitet sein und sich euch so zu erkennen geben. Auch wird er sich eurer ureigensten Symbolik bedienen.

Wenn ihr mit dem Traum arbeitet, vergeßt alles, was ihr bisher über Traumdeutung gehört habt, und er wird von selbst zu euch sprechen.

Pause.

In eurer in der Pause geführten Diskussion solltet ihr eigentlich, einem Lehrstück gleich, eure Begrenztheit erfahren haben. Egal in welche Richtung euer Gespräch sich drehte, immer stießt ihr an Grenzen, und doch handelte es sich dabei nicht um wirkliche Grenzen, sondern um vom Verstand willkürlich gezogene.

Es ist in der Tat nicht wichtig, was nun Realität oder Illusion ist, wichtig ist vielmehr, daß das, was euch ausmacht, über alles hinausgeht, was ihr im Augenblick als möglich anerkennt. Letztes Ziel eures Daseins ist es, euch all eurer Möglichkeiten bewußt zu werden, und diese dazu zu benützen, eure von euch gezogenen Grenzen niederzureißen. Wenn ihr euch zu sehr an euren analytischen und logischen Verstand klammert, lauft ihr Gefahr, euch am Ende auch die kleinste Möglichkeit abzusprechen. Denn letztendlich werdet ihr nicht umhin können, euch euren grenzenlosen Möglichkeiten gegenüber zu sehen. Je spielerischer ihr mit dem, was euch das Leben in jedem Augenblick anbietet, umgeht, umso rascher wird das Erkennen und das Überwinden eurer Grenzen vor sich gehen.

Mit jeder gefallenen Grenze weitet sich euer Blick, schärft sich eure Wahrnehmung, eignet ihr euch gelebtes Wissen an, bis ihr dereinst, befreit von allen Begrenztheiten und allen Vorstellungen, alles und nichts seid.

Nun könnten wir zur Entspannung die Fragestunde einleiten.

Frage: Du sprichst immer wieder von der inneren Stimme, sind damit Stimmen oder Stimmungen gemeint?

Hier sind der Phantasie keine Grenzen gesetzt. In sich hineinhören heißt, sich von äußeren Einflüssen zurückzuziehen und sich selbst als Instanz für sein Handeln zu erfahren. Ob dies nun in Form einer inneren Stimme oder dem Nachgeben eines Impulses oder eines Gefühls geschieht, ist nicht wichtig. Wichtig ist, daß ihr erkennt, daß ihr euch auf euch verlassen könnt, wichtig auch, daß ihr lernt, euer Ego von eurem Selbst zu unterscheiden.

Immer dann, wenn das, was ihr in euch hört oder fühlt, euch selbst Freude bereitet, handelt es sich um euer Selbst.

Frage: Es gibt aber auch Stimmen, die keine Freude bereiten. Spricht da auch unser Selbst?

Ihr seid in eurem Selbst unversehrt und voll Freude. Immer dann, wenn eure Gefühle schmerzhaft sind, spricht euer Ego, denn ihr habt dann eines eurer eigenen Gesetze übertreten, oder ihr meint, andere hätten dies getan. Wäret ihr in euch selbst, hättet ihr niemals Grund zur Klage.

Frage: Wozu dient dieses Spiel des Egos, das uns immer wieder Schmerzen zufügt?

Im Grund dient das Ego dazu, euch vor Schmerzen zu bewahren, aber anstatt ihm diese Funktion zu überlassen und es auf diese einzuschränken, habt ihr ihm gestattet, in ziemlich großem Ausmaß euer Selbst zu unterdrücken.

Dies geschah in erster Linie dadurch, daß ihr kritiklos übernommen habt, was euch an Vorstellungen darüber, wie euer Leben in eurer Gesellschaft mit der Garantie von scheinbarer Sicherheit zu verlaufen habe, vermittelt wurde. Dies geschah und geschieht im Verlaufe eures Lebens durch ungezählte kleine und kleinste Erfahrungen, die von euch, besser gesagt, von eurem Verstand, fehlinterpretiert wurden. Im Laufe der Jahre haben sich diese Vorstellungen so sehr verfestigt, daß ihr meint, es handle sich um eure eigenen, auch wenn sie mit euch und euren Gefühlen im Grunde nichts zu tun haben.

Der Mensch bedürfte keiner Gesetze oder Gebote, er wäre sich selbst Gesetz genug.

Immer also, wenn ihr euch weh tut, habt ihr gleichzeitig die Möglichkeit, euch von dem, was diesen Schmerz verursacht, ein für allemal zu befreien.

In den meisten Fällen würde es genügen, sich dessen bewußt zu sein.

Je weniger ihr mit sogenannten schmerzhaften Erfahrungen „arbeitet", umso rascher seid ihr sie los. Verweigert einfach eurem Ego den Gehorsam, und ihr werdet erstaunt sein, wie rasch aus dem Herrn ein nützlicher Diener wird.

Wenn nicht jemand von euch noch eine dringende Frage hat, würde ich darum bitten, mich für heute zu entlassen. Ich werde dafür in der nächsten Sitzung der Fragestunde einen größeren Raum einräumen. Ich wünsche euch allen noch einen angenehmen Abend, und kommt gut heim.

Ego und Selbst
Die Gleichwertigkeit allen Lebens

Sitzung vom 13. 12. 1989

Einen schönen guten Abend.

Ich grüße die Getreuen, und es sollte uns nicht schwer fallen, einen ruhigen, angenehmen Abend zu verbringen.

Da ich am Ende der letzten Sitzung versprochen habe, den Fragen mehr Raum zu widmen, würde ich vorschlagen, den kleinen Kreis dazu zu benützen, ein wenig ausführlicher auf eure Fragen einzugehen. Laßt uns also mit einer Fragestunde beginnen.

Frage: Worin besteht der Unterschied zwischen Freude des Egos und Freude des Selbst?

Es dürfte dir nicht schwerfallen, aus eigenen Erfahrungen diesen Unterschied festzustellen. Wenn die Freude des Egos noch so groß ist, so bleibt doch ein unüberhörbarer Rest eines schalen Gefühls zurück, und diese Art von Freude führt niemals zu einer echten Befriedigung der Bedürfnisse. Die Freude des Egos ist vielfach auch daran zu erkennen, daß sie auf Kosten anderer Menschen geht und großteils Ausdruck eines Spieles ist, in dem es an der Oberfläche Sieger und Verlierer gibt, im Grunde aber nur Verlierer.

Niemals empfindet das Selbst Freude, die von äußeren Dingen oder anderen Menschen abhängig ist.

Das Selbst erfreut sich an sich selbst, und diese Freude kommt in Alltagserfahrungen unbelastet und rein zum Ausdruck.

Die Freude des Selbst steigt aus eurem Inneren empor, während die Freude des Egos auf Grund äußerer Umstände entsteht, wie immer diese auch geartet sein mögen.

Bei der von dir angesprochenen Freude handelt es sich, wie bei so vielen eurer Gefühle, um künstlich erzeugte, deren Grundlage die Macht und deren Mißbrauch ist (bezieht sich auf einen Film über den Nationalsozialismus). Während das Ego also des Anlasses zur Freude bedarf, ist das Selbst an sich von Freude durchdrungen. Wenn ihr eure eigenen Empfindungen überprüft, werdet ihr feststellen, wie subtil und schwer erkennbar eure vermeintlichen Siege oft Anlaß zu „Freude" sind.

Ihr werdet aber auch erkennen, daß ihr weit öfter, als euch dies bisher bewußt war, wirkliche, aus dem Selbst kommende Freude empfindet.

Je mehr ihr euch eurer inneren Freude nähert und euch für diese sensibilisiert, desto rascher werdet ihr in der Lage sein, euch von der, die im Grunde keine Freude macht, zu lösen.

Viele Menschen kennen nur die Freude des Egos, weil sie meinen, es bestünde auf Grund von Gegebenheiten keine Ursache, sich zu freuen.

Mit der Freude verhält es sich ähnlich wie mit der Liebe: Erst wenn ihr euch an euch selbst, an euren vielfältigen, wunderbaren Möglichkeiten und Fähigkeiten erfreut, seid ihr imstande, diese Freude in die Welt zu tragen und damit gleichzeitig die Welt und euer eigenes Dasein freudvoller zu gestalten. Nehmt euch ein Beispiel an den Kindern, beobachtet sie, und ihr werdet erkennen, daß sie sich freuen, weil sie sich freuen. Hier liegt auch ein Schlüssel für eine oft mißbrauchte Bibelstelle. Wenn ihr werdet wie die Kinder, dann erschließt sich euch euer eigentliches und wahres Sein.

Wenn Freude aus euch in euer Dasein dringt, dann gebt ihr spontan Raum und versucht nicht, sie wegzurationalisieren, sondern laßt sie wachsen.

Ähnlich der Liebe vermehrt sie sich.

Eine eurer Aufgaben in dieser Welt ist es, dieser Freude, deren Ursprung in eurer göttlichen Schöpferfreude liegt, Ausdruck zu verleihen. Je früher ihr damit beginnt, desto weniger leidvolle Erfahrungen liegen auf eurem Weg.

Dieser Freude Raum zu geben, ist so schwierig nicht, auch hier gilt es, sich möglichst von allen Vorstellungen darüber, was Freude ist, zu befreien, um so den Zugang zum Strömen der sich selbst genügenden Freude zu öffnen. Erst einmal geöffnet, wird euch eine Woge der Freude überfluten, und verwundert werdet ihr euch fragen, wie ihr ohne diese so lange sein konntet.

Gewaltige Veränderungen auf allen Gebieten eures Lebens werden die Folge sein, und ihr werdet wahre Wunder zustande bringen, die euch und anderen Menschen zugute kommen.

Wie in vielen anderen Fällen auch, ist es die Vormachtsstellung, die ihr eurem Verstand einräumt,

welche euch den Zugang zu euren Quellen ver-
schließt. Niemand außer euch ist imstande, dies zu
ändern.

Der erste Schritt dazu ist der Entschluß zur Veränderung, und immer genügt es, egal in welche Richtung, diesen ersten Schritt zu tun. Alle weiteren ergeben sich von selbst.

Pause.

*Frage nach der Pausendiskussion: Was ist der
Mensch, und was unterscheidet ihn vom Tier?*

Nun zu der sich aus eurer Diskussion herauskri-
stallisierten Frage, was der Mensch sei und welchen
Unterschied es zwischen ihm und dem Rest der
Schöpfung gäbe:

Wider besseren Wissens hält sich der Mensch immer noch für die Summe all dessen, wofür er sich
hält. Das einzige, das er in seiner Vorstellung aus-
klammert und beharrlich sich weigert, anzuerkennen, ist die Tatsache, daß er Gott ist. Nicht nur göttlichen Ursprungs, sondern selbst Gott.

Würde er dies anerkennen, sähe er mit Freude auf
das, was ihn umgibt und gleich ihm Gott ist.

In allem was ist, manifestiert sich göttliche Liebe,
und es ist irrig, anzunehmen, die Liebe mache
einen Unterschied. Alles ist gleich groß, und in der
Kleinheit könntet ihr euren Ursprung erkennen,
und darüber hinaus würdet ihr lernen, daß ihr
nicht nur ein Teil dieser Schöpfung seid, sondern
die gesamte Schöpfung. Ihr seid nicht nur Mensch,
sondern jedes Tier, jede Pflanze, jeder Stein. Ihr seid

die Luft, die ihr atmet, der Regen, der euch benetzt, die Sonne, die euch erwärmt, das ganze Universum. Wenn ihr lernt, euch als Einheit zu erfahren, wird sich die Frage nach den Unterschieden nicht mehr stellen, denn in Wahrheit gibt es keinen.

Es gibt keine Krone der Schöpfung, denn die Schöpfung bedarf keiner Hierarchie, sie ist sich selbst genug. Und so landen wir wieder dort, wo wir den sichersten Hafen vorfinden, nämlich in uns selbst.

Dies sollte fürs erste als Denkanstoß genügen. Den vernehmlichen Geräuschen nach zu schließen, scheinen einige bereits unter Ermüdungserscheinungen zu leiden. So wollen wir ihr Leiden verringern und uns der Vorfreude auf die Ereignisse der kommenden Woche, die sich für alle hier Anwesenden durchaus freudvoll gestalten sollten, hingeben.

Meine besten Wünsche begleiten euch, und mit Freude sehe ich unserer nächsten Begegnung entgegen.

Einen angenehmen Abend noch.

Über das Geld

Sitzung vom 20. 12. 1989

Einen schönen guten Abend den alten Bekannten,
ein herzliches Willkommen den neuen Gästen.
Die Erwartungen sind hoch, und ich hoffe, sie annähernd erfüllen zu können.
Ich denke, daß vom letzten Mal noch einige Fragen
offen sind, und wir könnten versuchen, diese zu klä-
ren. Darüber hinaus bin ich bereit, falls dies gewünscht wird, jedem der heute Anwesenden eine
für ihn wichtige private Frage zu beantworten.
Wenn möglich, klärt dies in der Pause.
Wenn es also eine Frage gibt von allgemeinem Interesse, dann bitte ich darum.
*Frage: Was ist die Funktion des Geldes, und warum
haben so viele von uns Schwierigkeiten, damit umzugehen?*
Zuallererst: Geld ist, wie alles andere auch, eine Illusion, zu eurem Leidwesen eine der Illusionen, der
ihr am meisten Bedeutung beimeßt.
Weder hat Überfluß oder Mangel an Geld etwas mit
dem Fließen von Energie zu tun, noch ist daran eure
Intaktheit oder deren Gegenteil zu messen.
Wenn ihr euch bewußt macht, daß alles, was ihr
jemals benötigt, im Überfluß vorhanden ist und zu
jeder Zeit und an jedem Ort für euer Auskommen
gesorgt ist, und ihr also nur anzunehmen braucht,
was für euch da ist, wird sich eure Einstellung zu

und eure Abhängigkeit von diesem Zahlungsmittel, welches in Wahrheit wertlos ist, völlig verändern. Wenn ihr erkennt, daß alles euch zur Verfügung steht, werdet ihr aufhören, unnütz Energie zu verschwenden, um etwas besitzen zu wollen. Geld ist der materialisierte Ausdruck des Besitzdenkens eurer Gesellschaftsform. Es gestattet euch, eure Egospiele auf einer Ebene abzuwickeln, auf der ihr nicht so sehr und so schnell Gefahr lauft, daß diese Spiele als solche erkannt werden.

Wenn ihr euch bewußt macht, daß ihr nichts von dem, was euch wirklich leben läßt, mit Geld erwerben könnt, werdet ihr auch in der Lage sein, dessen tatsächliche Wertigkeit richtig einzuschätzen. Dies wird dazu führen, daß ihr aufhört, gegen vordergründige Widerstände anzulaufen, um etwas besitzen zu können, was euch ohnehin von selbst zukommt, wenn ihr es braucht.

Wenn es euch gelingt, euch von Vorstellungsweisen, Konventionen und euch einengenden Mechanismen zu trennen, wird die Angst um eure Existenz verschwinden.

Die Schwierigkeiten, die euch der Mangel an Geld bereitet, oder die Sorge um dessen Erwerb, hat ihren Ursprung auch darin, daß man euch gelehrt hat, daß ihr ohne finanzielle Mittel keine wie immer geartete Position innerhalb eurer Gesellschaft einzunehmen imstande seid.

Da ihr gewohnt seid, euch dem Druck eurer Umgebung zu beugen, handelt ihr euch damit zugleich ein künstliches Minderwertigkeitsgefühl ein, welches dann zu allem Überfluß noch ununterbrochen von der euch unterdrückenden Gesellschaft aufs Neue bestätigt wird.

Sobald ihr eure eigene innere Intaktheit, Unabhängigkeit und Freiheit erkennt, werdet ihr mühelos aus diesem Spiel aussteigen und erstaunt feststellen, wie alles, auch Geld, durch euer Leben in Überfluß zu fließen beginnt.

Die scheinbare Sicherheit eurer Existenz wird in eine wahrhaftige übergehen, und ihr werdet mit Freude alles, was euch einengt, loslassen.

Das Streben nach Geld und Besitz im allgemeinen engt euch ein und beschränkt eure Möglichkeiten, weil ihr den Blick für eure wahren Fähigkeiten, eure wahren Interessen, eure wahren Freuden und eure wahren Bedürfnisse verliert. Wenn ihr statt dessen danach strebt, euer Potential auszuschöpfen, eure Schöpferkraft zu gebrauchen, werden euch die Mittel, die zur Sicherung eurer Existenz notwendig sind, von selbst zukommen, und ihr werdet niemals Mangel leiden.

Geld ist ein Produkt des Verstandes und als solches eine Fiktion, die einfach aufzulösen ist: verweigert ihr, ebenso wie eurem Verstand, den Gehorsam.

Vertraut euch selbst und der euch innewohnenden Kraft, und gestattet dieser, für euch wirksam zu werden, dann werdet ihr lernen, Geschenke anzunehmen, und ihr werdet erstaunt sein, wie groß die Zahl derselben ist.

Ende der Antwort.

Frage: Wenn ich nun zwar diese Einstellung habe,
aber finanziellen Forderungen nicht nachkommen
kann, was dann?

Es scheint, als hättest du erkannt, daß deine Frage
hypothetischer Natur ist; die einzige Möglichkeit,
herauszufinden, wie es sich verhält, ist, es auszu-
probieren.

Wir nähern uns einer Zeit, in der eine Reihe von
entscheidenden Veränderungen herkömmliche
Strukturen, altgewohnte Erfahrungen und für
Ewigkeiten gültig scheinende Vorstellungen plötzlich ziemlich ersatzlos in Nichts auflösen werden,
und es wäre gut, wenn möglichst viele Menschen
bereit wären, sich neuen Möglichkeiten zu öffnen,
um in dieser Zeit in der Lage zu sein, die eigene
Verunsicherung zu überwinden, um damit unzähligen Menschen, die wesentliche Bestandteile ihrer
bis jetzt geltenden Weltanschauung verloren haben
werden, den Weg zu weisen.

Es ist höchst an der Zeit, daß ihr erkennt, daß nichts
so ist, wie es zu sein scheint.

Es scheint, als würde gründlich mit Illusionen aller
Art aufgeräumt werden. Je eher ihr lernt, euren
Blick über diese irdische Realität hinauszuheben,
um so leichter wird euch die Umstellung fallen. Die
neue Zeit wird eine gerechte Umverteilung der le-
bensnotwendigen Güter dieser Erde mit sich bringen
und eine völlige Neuordnung des bisherigen Wirt-
schaftssystems und der sozialen Umstände bewirken.

Nach Abschluß dieser Veränderungen wird mit Geld nichts mehr zu erhalten sein.

Je früher ihr euch mit dem Gedanken anfreundet, daß es sich nicht lohnt, materiellen Gütern nachzujagen, um so rascher werdet ihr in den von Besitz unbelasteten Genuß derselben kommen.

Ende der Antwort.

Frage: Bedeutet das die Abkehr von einer wissenschaftlich-materiellen Zeit, hin zu einer philosophisch-intelektuellen, wenn ja, wird die Umkehr friedlich oder gewaltsam vor sich gehen?

Die neue, in ihren Ansätzen bereits begonnene Zeit wird eine Zeit des wahren Wissens sein, denn die Menschen werden in die Lage versetzt sein, sich ihres Wissens und ihrer umfassenden Erfahrung zu erinnern, und die Basis dieses Wissens und der Erfahrung ist die Liebe.

Die sogenannte Wissenschaft wird ihren Anspruch auf alleinigen Besitz der Wahrheit ebenso verlieren wie politische Systeme und religiöse Doktrinen.

Da diese Umkehr von Liebe getragen ist, wird sie bei weitem friedlicher ablaufen, als Negativpropheten dies bis zum heutigen Tag vermuten.

Eine große Zahl von Menschen wird innerhalb relativ kurzer Zeit das wahre Ausmaß der Möglichkeiten erkennen und diese Möglichkeiten nutzbringend zur Gesundung der Erde anwenden und darüber hinaus in ihrer jeweiligen Umgebung dazu beitragen, daß immer mehr Menschen ihre Begrenztheit aufgeben.

Wissenschaft und Kunst, Politik und Religion werden Dimensionen einbeziehen, die sie bislang sich einfach geweigert haben, anzuerkennen.

Dies wird zur Folge haben, daß die Menschen sich all ihrer Fähigkeiten bewußt, und mit Freude in die Neugestaltung dieser Welt einbringen werden. In den genannten Bereichen werden höchst erfreuliche und staunenswerte Ergebnisse und Erkenntnisse zum Wohle der gesamten Menschheit zu einer Art Hochblüte führen.

Vorläufiges Ende der Antwort.

Pause.

Zum vorläufigen Ende der Antwort auf die von unserem neuen Gast gestellte Frage:

Ich meine, daß es dieses Thema wert ist, ausführlich behandelt zu werden, und ich möchte dies in einer der folgenden Sitzungen tun.

Nun würde ich euch bitten, eure privaten Fragen zu stellen.

(Diesen war der folgende Teil der Sitzung gewidmet.)

Unser Zusammensein nähert sich dem Ende, ich wünsche euch allen eine angenehme Zeit, mögen sich die meisten eurer Träume erfüllen, und die wenigen, die es nicht tun, sollten keine Ursache für Trauer sein. Die besten Wünsche begleiten euch, und ich denke, wir werden uns bald wiedersehen. In diesem Sinne euch allen noch einen angenehmen Abend.

Vorstellungen

Sitzung vom 27. 12. 1989

Einen schönen guten Abend den hier Versammelten. Es ist mir eine Ehre, einem so großen Kreis von Zuhörern meine bescheidenen Erkenntnisse mitteilen zu dürfen.

Trotz aller Sorgen und Nöte, und all euren Ängsten zum Trotz, versichere ich euch, daß für jeden von euch mit dem kommenden Jahr eine neue Zeit anbrechen wird, welche ungleich weniger leid— und sorgenvoll sein wird, als so mancher von euch dies erwartet.

Jeder einzelne von euch geht einem Jahr entgegen, welches erfüllt sein wird von positiven Veränderungen in allen Lebensbereichen. Die Veränderungen werden es euch ermöglichen, neue Dimensionen in euer Dasein einzubeziehen, von denen eine leise Ahnung vorhanden, deren wahres Ausmaß aber noch nicht erkannt ist.

Wenn ihr lernt, in noch so geringen Ereignissen eures Alltags euch von euren Vorstellungen zu lösen, werdet ihr erkennen, daß das, was dann als Alltagsereignis in euer Leben tritt, bei weitem eure Vorstellungsmöglichkeiten übersteigt. Denn in sehr vielen Situationen eures Lebens sind es eure Vorstellungen, die die Ursache für die negativen Komponenten eures Daseins bilden.

Vielfach meint ihr auf Grund von kürzer oder länger zurückliegenden Erfahrungen, daß ähnliche Ereignisse auch ähnlich zu verlaufen haben. Meistens seid ihr dann noch darüber erstaunt, daß sie dies auch tatsächlich tun, und findet so immer wieder für euch und für eure Umwelt eine Entschuldigung für euer Leid.

Was ihr dabei vergeßt, ist, daß ihr euch in euren Erfahrungen auf eure derzeitige irdische Existenz beschränkt. Dabei verfügt ihr über ein riesiges Spektrum an Erfahrungen, die im wesentlichen einen positiven Umgang mit jeder derzeit in euer Leben tretenden Alltagssituation erlauben würden.

Ihr spielt ein Spiel und laßt das Wesentliche außer acht, nämlich daß ihr es seid, die die Spielregeln geschrieben haben.

Es ist also an euch, euer Lebensspiel neuen Regeln zu unterwerfen. Wenn die Grundlage dieser neuen Regeln die Liebe zu euch selbst ist, wird sich euer Leben in seiner Gesamtheit positiv verändern. Darüber hinaus würdet ihr auch mit weit mehr Freude und Zufriedenheit weiterspielen. Auch wären dann die Spiele anderer, mit denen ihr zu tun habt, nicht mehr eure eigenen, und ihr würdet euch viel Ärger und Kummer ersparen, weil es euch gelänge, euch aus diesen Spielen herauszuhalten.

Spiel beinhaltet Kreativität, Freude, Spontaneität, Schöpferkraft, Phantasie und nicht zuletzt Freiheit.

Wenn es euch gelingt, euer Lebensspiel danach auszurichten, werden sich eure Ängste, eure Probleme und Sorgen, im Licht der Fröhlichkeit auflösen.

Im Spiel vergeßt ihr die Welt und damit gleichzeitig eure Fixiertheit auf diese irdische Dimension. Dadurch erschließt ihr euch den Zugang zu weit realeren Welten, die weit mehr Möglichkeiten für euch beinhalten. Denkt daran, bei allem, was euch begegnet und bei allem, was ihr tut, diese spielerische Komponente einzubeziehen, und vergeßt bei allem Ernst, den das Leben euch abverlangt, oder besser gesagt, den ihr dem Leben abverlangt, nicht, daß ihr hier seid, um euch an euch und an dem, was ihr schafft, zu erfreuen.

Wendet euren Blick nach innen, und glaubt dem, was ihr dort seht, und ihr werdet mit Freude feststellen, wie sich das, was ihr außen zu sehen bekommt, wohltuend verändert.

Alles, was ihr sucht, findet ihr zuerst in euch, und erst dann tritt es auch außen in euer Leben.

Versucht einmal eine Woche lang ohne den Satz „Das kann ich mir nicht vorstellen" auszukommen. Bei einiger Konsequenz werdet ihr erstaunt darüber sein, welche Veränderungen diese kleine Übung zu bewirken imstande ist.

Ich denke, daß einige unter euch sich dieses gar nicht werden vorstellen können. Und doch sage ich euch, je größer der Freiraum eurer Vorstellungskraft ist, umso größer sind eure Möglichkeiten, und umso mehr Fähigkeiten werdet ihr entdecken, die nur darauf warten, endlich von euch genützt zu werden.

Jeder einzelne von euch ist sozusagen eine wandelnde Schatztruhe, die unermeßliche Schätze in sich birgt. Schon geringe Anstrengungen genügen, um euch für dieses Aufspüren zu sensibilisieren. Zuerst allerdings müßt ihr euch radikal und endgültig von euren Vorstellungen über euch trennen. Auch dies sollte so schwierig nicht sein; am besten, ihr sucht euch einen ruhigen Platz, an dem ihr möglichst ungestört seid und laßt eure Vorstellungen über euch einzeln vor euch auftreten. Und ähnlich einem König, der ihrer Dienste nicht mehr bedarf, entlaßt sie. Von euch nicht mehr mit Nahrung versorgt und beherbergt, ziehen sie sehr schnell ihrer Wege. Bei einigen wäre eine fristlose Entlassung vorteilhaft. Manche von euch werden dann auch Mühe haben, sich selbst wiederzuerkennen. Denn aller von außen übernommenen Vorstellungen entkleidet, werden sie sich erstmals in ihrer wahren Größe erblicken, und hier wiederum besteht die Gefahr, daß sie sich das, als was sie sich plötzlich fühlen, nicht werden vorstellen können, und schon gar nicht daran glauben.

Jedoch sollte diese Unsicherheit sehr rasch einem wunderbaren Gefühl nie empfundener Freude und Freiheit weichen.

Pause.

Da, wie es scheint, die eine oder andere Frage im Raum steht, würde ich vorschlagen, diese zu stellen und einer Beantwortung zuzuführen, wobei ich bemerken möchte, daß grundsätzlich jede Frage möglich ist. Gleichzeitig weise ich allerdings darauf hin, daß mir noch ein großes Stück an Weisheit fehlt, um der Allwissenheit nahe zu kommen.

Nun, wer immer eine Frage am Herzen hat, stelle sie jetzt.

Frage: Es wird gesagt, daß wir uns das Leben aussuchen. Wie sieht das angesichts der Ereignisse in Rumänien aus? Hat Csaucescu sich diese Rolle selbst ausgesucht?

Zu den tragischen Vorfällen rund um diesen politischen Führer sei folgendes gesagt:

Zum einen kann davon ausgegangen werden, daß dieser Politiker sich wohl grundsätzlich für seine Rolle als Führer eines Volkes, nicht aber für dessen tragisches Ende entschieden hat.

Irgendwann im Laufe seiner Entwicklung wurde dieser Mann das Opfer seiner eigenen Vorstellungen von seiner Rolle und von sich selbst, bis zu einem gewissen Grad mitbeteiligt seine unmittelbare Umgebung, und in geringem Ausmaß auch das Volk. Es scheint, als wäre er in den letzten Jahren seines Wirkens schon so stark von seiner eigenen Vorstellungswelt gefangen gewesen, daß er die Zeichen und die Signale, die von seinem Volke ausgingen, nicht mehr einzuordnen imstande war. Seine Vorstellungen über sich selbst und seine Rolle haben sich als so stark erwiesen, daß er im letzten nicht einmal mehr imstande war, selbst für den Preis seines Lebens, von diesen abzugehen.

So tragisch diese Entwicklung auch erscheint, hat sie dennoch auch eine andere Dimension und bietet die Möglichkeit, daraus zu lernen. Die gesamte Entwicklung in den osteuropäischen Ländern wäre bei weitem so friedlich nicht abgelaufen, hätte es diesen Diktator und sein Volk nicht gegeben. Stellvertretend für die anderen Völker und deren Tyrannen hat dieses Volk sozusagen dem in allen anderen Völkern aufgestauten Haß gegen seine Unterdrücker Ausdruck verliehen und bei aller Grausamkeit die Zahl der „Opfer" dieser riesigen Umwälzungen auf ein Minimum reduziert.

Die Entwicklung in diesem Staat war niemals die Sache dieses Volkes allein, denn ähnlich einer Familie, in der oftmals das schwächste Mitglied die negativen Aspekte aller Familienmitglieder austrägt, kam hier dasselbe Prinzip zum tragen.

Da man euch über eure Medien ständig mit den Greueltaten und den Grausamkeiten dieses Bürgerkrieges konfrontiert hat, seid ihr davon im Augenblick betroffen und verunsichert, und doch werden, unabhängig von diesem einzigen Ereignis, täglich auf dieser Erde weit mehr Menschen auf weit grausamere Art zu Tode gebracht, als dies in diesem Staat der Fall war.

Auch das ist Teil eines Spieles, wenn auch eines grausamen. In der nun folgenden Zeit geht es auch darum, die Spielregeln dieser Spiele umzuschreiben, und die weiteren Veränderungen innerhalb der politischen Systeme sollten weit weniger grausam ablaufen.

Frage: Ich frage mich, ob wir als einzelne Menschen etwas tun können, diese grausamen Spiele bald zu beenden, oder genügt es, uns selbst zu verändern?

Da jeder von euch das gesamte Universum in sich trägt, ist er auch imstande, das gesamte Universum zu verändern. Ähnlich einem Schneeballsystem trägt jede Verweigerung zerstörerischer Gedanken und Gefühle wie Haß, Neid, Eifersucht, zu einer Gesundung des Universums bei. Versucht euch vorzustellen, daß jeder nicht gehaßte Haß eine Reihe von Menschen der Liebe zuführt, auch wenn ihr dies nicht spürt, nicht seht oder auch keine Bestätigung dafür erhaltet.

Jeder Gedanke der Liebe breitet sich aus und wirkt bis in die entferntesten Winkeln dieser Erde.

Es ist durchaus möglich, daß eine liebevolle Tat, ein von Liebe getragener Gedanke, hier an diesem Ort getan oder gedacht, seine Wirkung auf einen oder mehrere Menschen im fernen China nicht verfehlt.

Je großzügiger ihr mit euren positiven Kräften umgeht, umso friedvoller wird sich das Antlitz der Welt verändern.

Schätzt euren Beitrag an der Menschheit nicht gering, denn noch seid ihr nicht imstande, das gesamte Ausmaß eurer ehrlichen Bemühungen zu erkennen. Jedes Licht, und sei es noch so winzig, erhellt die Dunkelheit. Die großen Veränderungen tragen ihre Wurzel immer im Bemühen des Einzelnen, und oft ist ein einziger imstande, große positive Veränderungen zu bewirken oder auch diese zu verhindern. Und dies ist von jedem stillen Kämmerlein aus möglich.

Es wäre gut, wenn möglichst viele Menschen das wahre Ausmaß ihrer Kraft und ihrer diesbezüglichen Möglichkeiten erkennen würden, und ein wenig ist es wohl auch die Aufgabe derer, die an sol-

chen Sitzungen teilnehmen, die Menschen darauf
aufmerksam zu machen.

*Frage: Ich möchte gerne wissen, wie du zu den Be-
griffen Gut und Böse stehst, ob es das überhaupt gibt
und wie die daraus entstehenden Konsequenzen
sind?*

Niemand, der aus sich selbst handelt, ist jemals imstande, falsch zu handeln. Im Grunde gibt es Gut
und Böse nur deshalb, weil ihr daran glaubt, daß es
das Böse gäbe, und daß dieses seinen Sitz im Menschen habe.

Da ihr aber nicht imstande seid, mit dem Bösen allein zu leben, wurde schnell der Begriff „Gut" geschaffen, um das Gleichgewicht wieder herzustel-
len. Wenn ihr euch die Mühe macht, darüber nach-
zudenken, was wohl der Grund und die Ursache der
gesamten Schöpfung gewesen sein könnte, werdet
ihr erkennen, wie unerhört tragisch und verhäng-
nisvoll dieser Umgang mit der eigenen Schöpferkraft sich auf die gesamte Menschheit ausgewirkt
hat. Nichts an der gesamten Schöpfung ist böse oder
schlecht. Glaubt also nicht denen, die euch sagen,
daß der Mensch derjenige sei, vor dem er sich am
meisten hüten müsse.

Alles, was ihr an scheinbar Bösem in dieser Welt
und in euch entdeckt, hat im Grunde nichts mit
euch zu tun, sobald ihr erkannt habt, daß ihr gut
seid. Das Böse existiert nur deshalb, weil der
Mensch im Laufe seiner Entwicklung unsinnniger-
weise seine eigenen Ängste und seine Entfremdung
von sich selbst, welche die Ursache dieser Ängste

ist, zum Teil personifiziert hat und zum anderen Meinungen übernommen hat, die ihn sich selbst weiter entfremdeten und ihn dazu brachten, ein Bild von sich selbst zu entwerfen, welches von politischen und religiösen Systemen aufgegriffen wurde, um Macht auf ihn auszuüben.

Sogenannte böse Taten entstehen, weil die Menschen sich zum Teil freiwillig gesellschaftlichen Normen und Zwängen, moralischen Vorstellungen und Konventionen unterwerfen. Der Preis für diese scheinbare Sicherheit ist die, daß jeder Versuch eines Ausbruchs einer bösen Tat gleichkommt.

Wenn ihr euch selbst zur Instanz über euer Handeln erhebt, werdet ihr feststellen, daß ihr gar nicht imstande seid, sogenanntes Böses zu tun. Denn da ihr selbst grenzenlos seid, ist es nicht möglich, irgendeine Grenze zu übertreten.

Vorläufiges Ende der Antwort.

Für heute sei's genug. Ich wünsche allen eine angenehme Heimreise, und möge die Freude sich vermehren. Einen schönen Abend noch.

Nachtrag: Für jeden liebevollen und friedfertigen Gedanken stirbt ein Mensch weniger.

Gut und Böse
Angst

Sitzung vom 3. 1. 1990

Einen schönen guten Abend.

Ich freue mich besonders, einen neuen Gast begrüßen zu dürfen und hoffe, einigermaßen den allgemeinen Erwartungen gerecht zu werden.

In der letzten Sitzung wurde kurz das Thema „Gut und Böse" angerissen, und mit eurer Erlaubnis werde ich mir gestatten, dieses weiter auszuführen.

Wie erinnerlich, gibt es das Böse nur, weil ihr meint, das Gute allein könne nicht bestehen, und weil ihr daran festhaltet, daß das Böse notwendig sei, um das Gute zu erkennen. Dem ist aber nicht so, und eine der Ursachen, daß ihr heute Probleme damit habt, liegt wohl in der unglücklichen Rolle, die vor allem in der westlichen Welt die christliche Religion gespielt hat.

Da das, was euch in der Bibel und in der offiziellen Lehrmeinung christlicher Kirchen überliefert wurde, nur einen geringen Teil der tatsächlichen Wahrheit enthält, und dieser geringe Teil obendrein zum Teil verfälscht und zum anderen fehlinterpretiert über euch gekommen ist, fällt es der Menschheit heute schwer, daran zu glauben, daß im Grunde nur das Gute existiert. Die seit vielen Generationen auf euch übertragene Angst vor dem Bösen in euch, deren Ursache der Machtmißbrauch war und ist,

43

sitzt derart fest, daß es selbst eurer Vernunft nicht gelingt, Herr dieses Problems zu werden.

Wenn ihr euch bewußt macht, daß ihr selbst und alles, was aus euch kommt, niemals böse sein kann, da ihr Ausdruck göttlicher Liebe seid, werden die Schatten der Angst verschwinden.

Laßt euch nicht auf ein trügerisches Spiel, von welcher Seite es immer auch kommen mag, ein, in dem von Schuld und Sühne die Rede ist.

Da es Schuld an sich nicht gibt, erübrigt sich die Sühne von selbst. Wenn jeder einzelne von euch aufhört, an das Böse zu glauben, wird es aus der Welt verschwinden.

So paradox es klingt, so scheint es, als wäret ihr an einer Stelle angelangt, an der die Angst vor dem Bösen geringer ist als die Angst vor dem Guten. Denn gäbe es nur das Gute, so müßten die Menschen aufhören, einander zu be- und verurteilen und müßten einander in Liebe und Toleranz begegnen.

Da aber das Be- und Verurteilen in eurer Gesellschaft in allen Fällen dazu dient, die eigene Position zu stärken und die des Beurteilten zu schwächen, um so eure von außen in euch hineinprojizierten Minderwertigkeitsgefühle einigermaßen zu ertragen, erscheint es euch schwierig, diesen Kreislauf zu verlassen.

Doch wißt, daß, wenn es euch gelingt, euch selbst in eurer Intaktheit zu erfahren, keine Macht der Welt euch in irgendeiner Form zu unterdrücken in der Lage ist.

44

Wenn ihr euch erst einmal außerhalb dieses Kreislaufes gestellt habt, werdet ihr erkennen, auf welch schwachen Füßen die scheinbare Macht der Mächtigen eigentlich ruht.

Wenn ihr das Gute als das einzig Wahre anerkennt, werden sich eure Alltagserfahrungen umgehend und umfassend freudvoller und glücklicher gestalten.

Es ist höchst an der Zeit, zu lernen, wie man sich von Abhängigkeiten jeder Art lösen kann.

Das einzige, was es dabei zu überwinden gilt, ist eine Illusion, nämlich die Illusion der Angst.

Angst ist ein künstlich erzeugtes Gefühl, dessen Ursprung in eurem Kopf sitzt.

Da ihr mittlerweile auf einigen anderen Gebieten bereits gelernt habt, mit künstlichen Gefühlen umzugehen, sollte es euch nicht schwerfallen, euch auch dieses zu entledigen.

Als ihr in diese Welt kamt, kanntet ihr die Angst nicht, denn ihr ruhtet in euch selbst.

Es ist das „Verdienst" eurer Erzieher und der euch umgebenden Gesellschaft, die euch zu eurem Leidwesen ausgiebig damit bekannt gemacht haben.

Wenn ihr die Kinder beobachtet, werdet ihr erkennen, daß diese auch ohne die Angst durchaus in der Lage sind, körperliche und seelische Gefahren zu meiden.

Glaubt also nicht denen, die die Meinung vertreten, Angst sei notwendig, um euch vor Schäden zu bewahren. In Wahrheit trachten jene nur danach, Macht über euch zu gewinnen.

Wenn ihr anderen Menschen gestattet, aus welchen Gründen auch immer, euch zu schützen, gebt ihr ihnen die Macht über euch. Bedenkt, daß niemand besser in der Lage ist, euch wohlbehütet durch euer Leben zu führen, als ihr selbst.

Vertraut auf das Gute und Schöne in euch, und fördert es allen Widerständen zum Trotz zutage, und ihr werdet erfahren, wie wunderbar einfach euer Leben auf allen Ebenen abläuft.

Das sogenannte Böse wird euch nur so lange entgegentreten, solange ihr es mit gedanklicher Nahrung versorgt.

Noch einmal: Ihr seid durch und durch gut, und in Wahrheit nicht in der Lage, sogenanntes Böses zu tun.

Es wäre wert, sich dieser Tatsache zuzuwenden, diesen Gedanken wie ein Gebet täglich zu wiederholen. Das würde weit mehr an Gutem für die Welt bewirken als jede andere Aktivität. Denn wenn ihr euch als intakt und als Einheit akzeptiert, wird dies nicht ohne positive Auswirkungen auf eure Umgebung bleiben. In rasender Geschwindigkeit wird sich diese Erkenntnis über diese Erde verteilen und so dem Leid ein Ende bereiten.

Achtet auf eure Träume, sie werden euch eine Bestätigung eures diesbezüglichen Wirkens übermitteln.

Wenn ihr euch dem heute Gesagten unvoreingenommen ausliefert, wird sich dieses wohltuend auf euer Selbstwertgefühl auswirken, und das, was euch schwierig erscheint, in eurem Leben umzusetzen, wird ganz einfach und mühelos von selbst geschehen.

Was die Veränderung eurer Situationen anlangt, so genügt es, euch von den Vorstellungen, daß Veränderung an sich schwierig und kompliziert sei, zu lösen.

Somit wird der Weg für einfache Lösungen frei.

Je weniger Gedankenakrobatik ihr bei dem, was ihr in diesen Sitzungen zu hören bekommt, betreibt, umso durchschlagender werden die Veränderungen sein.

Pause.

Eurem angeregten Pausengespräch könnte man entnehmen, ihr hättet gerade eine niederschmetternde Nachricht erhalten. Ich versichere euch aber, daß dies nicht der Fall ist. Und nun zur allgemeinen Fragestunde:

Laßt hören, was ihr auf dem Herzen habt.

Frage: Welcher Natur ist die Beziehung zwischen Eltern und Kindern, wie kommt sie zustande, und welche Aufgabe hat sie?

Wenn du gestattest, würde ich diese Frage gerne zum Thema der nächsten Sitzung machen, da sie den Rahmen der heutigen Sitzung sprengen würde.

Das Thema ist relativ umfangreich in seiner Beantwortung, und um auf die einzelnen Aspekte eingehen zu können, bedarf es einer Reihe von grundlegenden Informationen.

Ich setze also dein Einverständnis voraus und verlege diesen Tagesordnungspunkt auf die nächste Sitzung.

Inzwischen wäre es nicht schlecht, da ihr ja alle über Erfahrungen mit Eltern und zum Teil auch mit Kindern verfügt, wenn ihr auf das, was bis zur nächsten Sitzung in euren Gedanken auftaucht, achtgeben würdet.

Vorläufiges Ende der Antwort.

Frage: Immer wieder wird die Wichtigkeit von Gedanken und Vorstellungen betont. Ich möchte wissen, wie solche entstehen, um Herr über meine Gedanken und Vorstellungen zu werden, anstatt daß sie Herr über mich sind.

Gedanken und Vorstellungen haben ihren Ursprung in erster Linie außerhalb von euch. Sie sind geprägt von fremden Erfahrungen, von übernommenen Erkenntnissen, Konventionen, Moralvorstellungen und religiösen Einflüssen.

Gedanken und Vorstellungen sitzen in eurem Kopf und werden vom Verstand produziert. Vornehmlich das Ego bedient sich dieser Gedanken und Vorstellungen, um zu verhindern, daß es etwas von seiner Macht über euch verliert.

Im Gegensatz dazu verfügt ihr in euch über eine Quelle, in der eigenes Wissen und eigene Erfahrungen verborgen sind. Der Zugang zu dieser Quelle ist eure Intuition. Wenn ihr euch dafür sensibilisiert, wird diese Quelle zu fließen beginnen, und eure Vorstellungen und Gedanken werden keine Macht mehr über euch haben.

Ihr tragt in euch das gesamte Wissen des Universums, euer gesamtes Wissen um eure Gesamtexistenz, und ihr könnt auf eigene Erfahrungen in jeder nur erdenklichen Form für alle eure derzeitigen Alltagsereignisse und Situationen zurückgreifen.

Die Voraussetzung für ein Leben, das selbstbestimmt und frei ist, ist das Vertrauen in euch selbst und in diese vorerst noch leise Stimme in eurem Inneren, die, wenn ihr auf sie hört, immer kraftvoller wird, bis sie euch ausfüllt und euer Handeln bestimmt. Selbstbestimmtes Handeln befreit euch von allen Abhängigkeiten und gewährt euch ein vollkommenes Ausschöpfen eurer Möglichkeiten und Fähigkeiten.

Laßt euch von den Abwehrversuchen eures Egos auf diesem Weg nicht abschrecken, der Widerstand ist nur von kurzer Dauer, da es sehr bald erkennt, daß es im Grunde nichts verliert.

Es ist also notwendig, daß ihr euch euch selbst anvertraut, und ihr könnt sicher sein, daß ihr damit in den besten Händen seid.

Intuitiv leben heißt, spontan zu leben und scheinbare Sicherheiten zugunsten wahrer Freude und Gelassenheit aufzugeben. Wenn ihr euch eurer Intuition überlaßt, werdet ihr unantastbar und gewinnt wahre Sicherheit in allen Situationen eures Lebens, denn dann könnt ihr aus der Gewißheit heraus handeln, daß nichts geschehen kann, was euch in irgendeiner Form schadet.

Ihr wißt dann, unabhängig von der Beurteilung durch andere, daß ihr gut seid und euer Handeln recht ist.

Es wird keine Notwendigkeit bestehen, euer Handeln vor anderen zu rechtfertigen, weil ihr wißt, daß das, was ihr tut, eurer Ganzheit entspringt und im Einklang steht mit dem Göttlichen in euch. Ende der Antwort.

Nun wünsche ich euch noch eine Woche göttlichen Handelns, und ich weiß, daß ihr durchaus in der Lage dazu seid, da ihr dies in euren guten Momenten oft und oft getan habt.

Wenn ihr die guten Momente und Augenblicke eures Lebens im Auge behaltet, dann werden diese zu einer ununterbrochenen Reihe eines guten und glücklichen Lebens werden. In diesem Sinne wünsche ich allen eine gute Heimreise und eine gute Nacht.

Eltern – Kinder

Sitzung vom 10. 1. 1990

Einen schönen guten Abend.
Ich heiße euch herzlich willkommen und freue
mich besonders über unsere neuen Gäste.
Das Thema des heutigen Abends ist bekannt und
wird im wesentlichen die vielfältigen Möglichkeiten
der Beziehungen zwischen Eltern und Kindern zum
Inhalt haben.
Eine Reihe von hervorragenden Publikationen zu
diesem Thema wurde bereits veröffentlicht, und
doch scheint sie in Summe gesehen relativ viel Unsicherheit hinterlassen zu haben.
Um diesem Thema einigermaßen gerecht werden
zu können, ist es notwendig, ein wenig in die alten
Zeiten zurückzugehen. Im Laufe seiner Entwicklung durchlief der Mensch eine Reihe von sozialen
Gefügen, die ihn, anstatt zu größerer Freiheit, in
immer enger werdende Kreise brachte.
Von dieser Enge blieb keiner seiner Lebensbereiche
verschont, speziell im zwischenmenschlichen Bereich wirkt sich diese Enge besonders störend und
leidvoll aus.
Die in vielen Fällen und von vielen Menschen als
eine Möglichkeit, dieser Enge zu entgehen, in Erwägung gezogene Rückkehr zur Großfamilie ist insoferne ein Trugschluß, als selbst diese bereits Aus-

druck von Begrenztheit ist. Denn das, was ihr als Familie erlebt, ist es oft in keiner Weise.

Vielfach leben die Mitglieder einer Familie über viele Teile dieser Erde verstreut, ohne sich jemals gesehen zu haben, und umfassen darüber hinaus einen weit größeren Personenkreis als ihr annehmt. Da dies auf Grund eurer Begrenztheit für euch unvorstellbar ist, zieht ihr dies nicht einmal in Erwägung, und doch begegnet ihr hin und wieder einem eurer Brüder, oder einer eurer Schwestern, und auf einer anderen Ebene eures Bewußtseins erkennt ihr euch.

Immer dann, wenn euer Innerstes durch eine Begegnung mit anderen berührt ist, steigt eine leichte Ahnung in euch auf. Vielfach begegnet ihr auch in Menschen, die euch Schwierigkeiten bereiten, die euch herausfordern und euch damit zwingen, euer Denken zu hinterfragen, weiteren Mitgliedern eurer Familie.

In Wahrheit gehört die gesamte Menschheit einer einzigen Familie an, auch wenn dies ein wenig religiös—philosophisch angehaucht erscheint.

Wenn ihr eure Voreingenommenheiten ablegt und euch der Augenblicke erinnert, in denen ihr voll Glück euch der gesamten Menschheit verbunden fühltet, findet ihr hier den Ansatz für die Richtigkeit meiner These.

Diese Art von Familie, wie ihr sie kennt und in eurer Fixiertheit auf Tradition einzig für möglich haltet, ist das Produkt eines Machtspieles, an dessen

Entstehung vornehmlich die christlichen Religionen nicht ganz unschuldig sind.

Erst als das sogenannte Böse in euer Leben kam und ihr dies als real betrachtet und in euch selbst angesiedelt habt, wurde es notwendig, sich von anderen abzugrenzen, sich zu isolieren und andere auszusperren.

Ein weiterer Grund für die Entstehung dieser Art von sozialer Struktur liegt in der Annahme einer Illusion, nämlich der Dualität. Ähnlich anderer Illusionen wird auch diese sich in Nichts auflösen, und ihr werdet erkennen, daß ihr in euch alles Schöpferische beherbergt und aus euch alles zu schaffen vermögt.

Und nun kehren wir wieder auf den Boden eurer irdischen Realität zurück.

Ihr alle, und viele Generationen vor euch, nehmt teil an einem sogenannten Vater– Mutter– Kind– Spiel, in dem es vordergründig scheint, als seien die Rollen fix verteilt. Bei näherer Betrachtung aber wird sich sehr bald herausstellen, daß diese im Verlauf eures Zusammenlebens als das, was ihr als Familie bezeichnet, sehr häufig wechseln. So wird denn das Kind zum Vater, die Mutter zum Kind, der Vater zur Mutter, usw.Viele Konflikte innerhalb eurer Familien entstehen dadurch, daß ihr auf Grund eurer Rollenfixierung nicht imstande seid, die vielfältigen Variationen dieses Spieles zu durchschauen und euch so nicht als Akteure, sondern als Zuschauer erfahrt, die einem Schauspiel ausgeliefert sind, aus dem sich zu entfernen ihnen nicht gewährt ist.

Das eigentliche Ziel dieses Spieles, nämlich die Auflösung der Trennung zwischen den einzelnen Rollen und das Integrieren aller in die Persönlichkeit, scheint darüber vergessen worden zu sein. Dabei bietet dieses Spiel faszinierende Möglichkeiten in einem relativ sicheren Bezugsrahmen, erlaubt es euch doch, unabhängig von euren körperlichen Merkmalen, das Ausagieren all eurer in eurer Gesamtpersönlichkeit vorhandenen psychischen Strukturen.

Darüber hinaus könnte ein bewußtes Einlassen auf dieses Spiel euch zur Erkenntnis eurer Einheit bringen und damit zu einer radikalen Veränderung eurer derzeitigen Weltsicht.

Ihr hättet dann die Möglichkeit, in eurer Gesamtheit euch als Mutter, Vater und Kind zu erfahren, und diese Erfahrung würde dazu führen, daß ihr euch eurer Möglichkeit bewußt würdet, aus diesem Spiel jederzeit aussteigen zu können, und obendrein würdet ihr die Freiheit gewinnen, wann immer es notwendig erscheint, aus euch selbst in der jeweils angebrachten Rolle zu handeln.

Ihr könntet dann euren Eltern weit bessere Eltern sein, als sie es je waren, ohne damit ihre Selbstachtung zu gefährden oder an eurem Selbstwertgefühl zu rütteln. Väter könnten ihren Kindern Väter und Mütter sein, und sogenannte Alleinerzieher würden nicht unter dem Mangel der jeweils anderen Seite leiden.

Pause.

Zu eurer in der Pause geführten Diskussion:

Da jeder von euch in Wahrheit die gesamte Menschheit auf Erden repräsentiert, repräsentiert er in einem Teil seiner Persönlichkeit auch diejenigen Menschen, deren Schicksal in eurer Diskussion angesprochen wurde (Menschen aus benachteiligten Regionen der Erde).

Wenn ihr euch dieser Erkenntnis öffnet und nicht daran festhaltet, daß der Mangel, der in weiten Teilen dieser Erde herrscht, durch äußere Maßnahmen, und seien sie noch so gewaltig, beseitigt werden könnte, werdet ihr darangehen, den Mangel in euch zu beseitigen und damit gleichzeitig die Mängel, an denen die Menschheit leidet.

Erst wenn ihr euch selbst in gleichem Maße das Mitgefühl entgegenbringt, welches ihr den Notleidenden in der Welt entgegenzubringen scheinbar aufgefordert seid, werdet ihr wirklich in der Lage sein, solche Zustände endgültig aus dieser Welt zu verbannen, denn in Wahrheit tritt euch in jedem notleidenden Menschen eure eigene Not entgegen, die zu beseitigen ihr nicht imstande seid, solange ihr den Aufforderungen wohlmeinender Menschen Folge leistet, die euch dazu anhalten, zuerst an andere als an euch selbst zu denken.

Noch einmal wiederhole ich an anderer Stelle bereits Gesagtes:

Euch selbst erlösend erlöst ihr die Welt.

Es ist nicht ein x–beliebiges Kind in einem fernen Land, welches sich obendrein seine Rolle noch frei-

willig ausgesucht hat, das leidet, sondern ihr seid
es. Solange ihr Leid für notwendig erachtet, wird es
euch nicht verlassen und euch in vielfältiger Form
begegnen.

Nur die radikale und endgültige Abkehr von dieser
Vorstellung bringt Veränderung.

Jeder liebevolle Umgang mit euch selbst wirkt sich
liebevoll auf die Welt aus und erhält einen Teil der
von euch mit Mitgefühl Betrachteten am Leben.

Erlaubt mir nun, daß ich mich noch kurz zur Rolle
der Kinder äußere:

Niemals lernen Kinder etwas von ihren Eltern, immer ist es so, daß den Eltern durch ihre Kinder die
Möglichkeit geboten wird, sich von verhärteten und
verkrusteten Vorstellungen freizumachen und ihrem Leben eine neue Richtung zu geben.

Immer bringen Kinder erneut das gesamte unver-
fälschte Wissen des Universums mit sich, das durch
sie ihren Eltern neu zugänglich gemacht werden
kann. In vielen Fällen erkennen Eltern diese Möglichkeit, wenn auch nur mit einem Teil ihres Bewußtseins. Unmerklich lösen sich erstarrte Konventionen auf, und in einer großen Anzahl von Familien ist das Erscheinen eines neuen Menschen Anlaß zu tiefgreifenden Veränderungen, die oftmals
erst nach langer Zeit wirklich zum Tragen kommen.

Über den engen Rahmen der Familie hinaus zeigen
uns die Kinder auch, daß es Freude um der Freude
willen gibt und Angst und Leid Illusionen sind.

Ungeachtet der widrigsten Lebensumstände erfüllen
die Kinder freiwillig ihre Aufgabe, um so eine Er-

neuerung der Welt herbeizuführen. Und trotz aller Versuche durch Erziehung und Gesellschaft gelingt es niemals ganz, den Menschen sich selbst total zu entfremden.

Zum Abschluß bin ich noch bereit, eine Frage zu beantworten, falls dies gewünscht wird.

Wenn nicht, würde ich vorschlagen, die nächste Sitzung mit einer Fragestunde zu beginnen.

Die an der heutigen Sitzung Teilnehmenden werden im Verlaufe der nächsten vier Wochen die Gelegenheit erhalten, einige erstaunliche Erfahrungen im Zusammenhang mit dem heutigen Thema zu machen. Diese sollten sich in einer Verbesserung der Beziehung zwischen ihnen und ihren Eltern niederschlagen.

Nun wünsche ich allen eine gute Heimfahrt und angenehme Zeiten.

Körper, Ernährung

Sitzung vom 17. 1. 1990

Einen schönen guten Abend, ein herzlicher Willkommensgruß den Unentwegten.
Es sollte uns heute die Möglichkeit gegeben sein, die
euch auf dem Herzen liegenden Fragen ausführlicher zu besprechen.
Ich begrüße auch unsere neuen Gäste und würde
trotzdem vorschlagen, daß wir uns nun den Fragen
zuwenden.

Frage: Welche Funktion hat der Körper in unserem
Leben?

Ohne den Körper wäret ihr nicht in der Lage, in dieser irdischen Dimension zu existieren. Er dient zum
einen dazu, euch Erfahrungen zu ermöglichen, die
nur in dieser Form und in Verbindung mit dem
Körper erfahrbar sind, zum anderen sollt ihr lernen, im Umgang mit eurem Körper eure Schöpferkraft anzuwenden, indem ihr erkennt, daß ihr alle
Voraussetzungen in euch tragt, die notwendig sind,
um die Hinfälligkeit des Körpers aufzuheben und
damit verbundenes Leid wie Krankheit, Schmerz
und den Tod aufzulösen.
Im Augenblick läuft die Erneuerung eures Körpers,
die Beseitigung von Krankheiten, für die meisten
von euch ab, ohne daß euch dies bewußt ist.
Wenn ihr sehen könntet, auf welch wunderbare
Weise der sich in groben Zügen selbst überlassene

Körper in der Lage ist, sich zu erneuern, und wenn ihr euch bewußt machen würdet, in wie vielen Fällen ihr euch im Lauf eures Daseins eurer ureigensten Heilkraft bedient habt, würdet ihr das wahre Ausmaß eurer göttlichen Kraft erkennen, und ihr könntet damit aufhören, euren Körper durch ein Übermaß an Aufmerksamkeit in seinen Fähigkeiten zu beschneiden.

Das derzeit herrschende sogenannte Körperbewußtsein ist nichts anderes als ein Ausdruck der Entfremdung. Auch scheint es, als habe die Menschheit im Bemühen, die Kontrolle über den Körper zu gewinnen, diese erst recht verloren.

Auch für den Körper gilt, daß er in erster Linie euer Diener ist und nicht euer Herr.

Der Geist schafft den Körper, und der Geist seid ihr. Je klarer euer Geist, je freier er von Konventionen und Vorstellungen ist, umso gesünder ist euer Körper.

Wenn ihr die gleiche Mühe, die ihr für die Pflege des Körpers aufwendet, der Pflege eures Geistes gewährt, wird das Ergebnis wesentlich besser sein.

Mit einem freien Geist wird ein beschwerdefreier Körper kommen.

Frage: Meine Frage betrifft zum ersten unser persönliches Gespräch vor kurzem, und ich möchte dich konkret fragen, was kann oder soll ich tun, mir diese Kraft in mir zugänglich zu machen, zweitens, was kann jeder einzelne tun, diese inneren Schätze zu finden, damit sie sich auch im Außenbereich manifestieren?

Die wichtigste Voraussetzung, um sich diese Quelle zu erschließen, ist das, was ich aktive Passivität nenne und was im wesentlichen darin besteht, in sich hineinzuhören, dem Gehörten zu glauben, und den damit verbundenen Impulsen zu gehorchen.

Und dies alles ungeachtet der Reaktionen des Verstandes, denn der Verstand bewertet all euer Tun und Handeln nach gesellschaftlichen Normen und Regeln, die euch oft nicht einmal bewußt sind.

Er mißt das Mögliche an der Begrenztheit dessen, was in eurer Umgebung für möglich gehalten wird und verwehrt euch so den Zugang zu euch selbst.

Aktive Passivität ist eine Frage des Mutes, diesen winzigen Schritt in eine nur scheinbar unsichere und neue Richtung zu tun.

Wenn ihr diese Angst überwindet, euch euren Impulsen überlaßt, ohne zu befürchten, ihr könntet böse oder egoistisch handeln, dann werdet ihr die Quelle zum Fließen bringen.

In jeder noch so geringen Angelegenheit eures Alltags habt ihr die Möglichkeit, euer Handeln nach dieser Methode auszurichten, und ihr werdet sehr schnell erkennen, daß eure spontanen Impulse eine Situation wesentlich umfassender und treffender einschätzen als euer Verstand.

Auch erleichtert diese Art des Handelns das Leben im Hier und Jetzt, da es nicht mehr notwendig ist, sich für alle erdenklichen Situationen bereits im vorhinein mögliche Verhaltensweisen zu überlegen. Denn ihr werdet wissen, daß euch für jede Situation eures Lebens, wie schwierig sie auch erscheinen mag, das richtige Handeln zur Verfügung steht.

Im Grunde brauchtet ihr euch nur euch selbst zu überlassen, und unbegrenzte Möglichkeiten stünden euch zur Verfügung.

Euch selbst überlassen heißt, daß ihr euch aus eurer Mitte handeln laßt, anstatt euch von eurem Verstand und eurer Vernunft zum Handeln zwingen zu lassen.

Alles ist in euch, doch solange ihr daran zweifelt, werdet ihr immer wieder auf Hindernisse stoßen, die euch im Grunde in ihrer letzten Konsequenz wieder auf euch verweisen. Wenn ihr eurer inneren Stimme das gleiche Vertrauen entgegenbringt, welches ihr euren Eltern, euren Lehrern, euren Priestern und euren Medien entgegenbringt, werdet ihr einen gewaltigen Schritt nach vorne tun.

Zum Trost sei euch noch gesagt, daß eure innere Quelle niemals ganz versiegt und selbst die stärksten Attacken gegen sie sie nicht vollständig verschließen können.

Pause.

Ich danke dir, Julia, für die Erinnerung (an das Thema: Sexualität). Ich werde mich dieser Frage nicht entziehen, sondern im Gegenteil, möge der nächste Mittwoch erschöpfend und ausgiebig diesem Thema gewidmet sein.

Die brennende Ungeduld in den Herzen mancher wird diese Sitzung umso ergiebiger machen.

Kurz noch ein Wort zur Ernährung und deren Wichtigkeit:

Der gesunde und sich selbst überlassene Körper findet von sich aus die richtige Nahrung. Vieles von dem, was ihr als schädlich anseht, wäre für viele von euch höchst nützlich, und manche eurer ach so gesunden, geprüft und getesteten Nahrungsmittel führen zu relativ starken Mängeln.

Auch hier gilt es, den Signalen eures Körpers zu vertrauen und diese ernst zu nehmen, unabhängig davon, mit welcher Modewelle euer Verstand im Augenblick liebäugelt. Euer Körper ist imstande, selbst das tödlichste Gift ohne Schaden zu verarbeiten, wenn ihr es ihm gestattet.

Nun bitte ich um eine weitere Frage.

Frage: Was verstehst du unter ausgewogener Ernährung, zu der du uns schon öfter geraten hast?

Ausgewogene Ernährung besteht im Grunde darin, den augenblicklichen Bedürfnissen des Körpers nach bestimmten Nahrungsmitteln gerecht zu werden. Jeder von euch hat mehr als einmal die Erfahrung gemacht, daß scheinbar aus dem Nichts urplötzlich das Bedürfnis nach bestimmten Lebensmitteln auftaucht. Diese auftauchenden Bedürfnisse weisen euch darauf hin, daß euer Körper die Zufuhr bestimmter, in diesen Speisen vorhandener Energien benötigt. Oftmals geht es dabei nicht nur um die materielle Substanz der Speisen, sondern auch um deren emotionelle Zutaten.

Vielfach verbindet ihr mit bestimmten Speisen bestimmte Erinnerungen, und ihr werdet bemerken, daß in Zeiten, in denen es euch, aus welchen Gründen immer, nicht sonderlich gut geht, positiv besetzte Nahrungsmittel auftauchen. Gehorcht ihr nun diesen Impulsen, so nehmt ihr gleichzeitig mit der Nahrung auch positive Energien in euch auf und beseitigt damit Mängel auf verschiedenen Ebenen. Wenn ihr es euch aber gestattet, euch auf eine spezielle Ernährungsweise zu fixieren, fixiert ihr gleichzeitig die körperlichen Unpäßlichkeiten, welche euch dazu geführt haben.

Ich stelle nicht die Nützlichkeit einer befristeten Diät in Frage, betone aber noch einmal, daß ein Festhalten an fixen Vorstellungen, die Nahrung betreffend, eine Beschränkung eurerseits darstellt und in vielen Fällen sich euer körperliches Unbehagen eher steigert, als daß es sich auflösen würde.

Wenn ihr die Meinung vertretet, daß euch bestimmte Nahrungsmittel schaden, werden sie dies auch.

Wenn ihr euch allerdings auch in diesem Bereich von Vorstellungen freimacht, wird alles, was ihr zu euch nehmt, eurem körperlichen Wohlgefühl dienen.

Übertragen auf alle Lebensbereiche bedeutet dies, je weniger ihr euch begrenzt, umso weniger braucht ihr euch zu sorgen, denn das, was euch Sorge bereitet, ist letztlich eure eigene Unfähigkeit, die von euch selbst geschaffene Begrenztheit auch nur annähernd zu akzeptieren.

Ihr lebt ständig in der Angst, irgendeine Grenze zu übertreten und vergeßt dabei, daß ihr es seid, die den Grenzbalken hochheben könnten.

Laßt uns also, jeder für sich und gemeinsam, immer mehr Grenzen öffnen, bis wir die letzte Grenze niedergerissen haben und einander in grenzenloser Freiheit begegnen.

In diesem Sinne wünsche ich euch allen einen regen Grenzverkehr, eine angenehme Heimreise und einen schönen Abend noch.

Sexualität

Sitzung vom 24. 1. 1990

Einen schönen guten Abend.
Mit besonderer Freude begrüße ich all jene, die uns
zum ersten Mal die Ehre geben. Die Erwartungen
sind hoch, der Bereich des heutigen Themas so
weitreichend, daß es nicht möglich sein wird, in der
uns zur Verfügung stehenden Zeit dieses umfassend
abzudecken.
So werde ich versuchen, dem bereits Bekannten einige vielleicht neue Ansätze hinzuzufügen.
Was die im Verlauf der Sitzung auftauchenden Fragen anlangt, so bitte ich euch, das Gehörte zuerst
auf euch wirken zu lassen, und ich würde vorschlagen, die nächste Sitzung den auftauchenden Fragen
zu widmen. Auch wird diese Sitzung ohne Pause
über die Bühne gehen.
Dem Interesse, welches dem Bereich der Sexualität
entgegengebracht wird, ist zu entnehmen, wie
schwierig und kompliziert euch der Umgang mit
eurer Sexualität erscheint. Diese vermeintlichen
Schwierigkeiten haben ihre Ursache darin, daß eine
Reihe von Trennungen innerhalb dessen, was ihr
unter Sexualität versteht, vorherrschen. Diese
Trennungen führen dazu, daß ihr euch oftmals einem Ansturm von Gefühlen, Empfindungen, Bedürfnissen und Wünschen ausgeliefert seht und

vermeintlich nicht in der Lage seid, all das Widersprüchliche in euer Alltagsleben zu integrieren. Sexualität ist in erster Linie eine Ausdrucksmöglichkeit eurer Schöpferkraft und niemals als ein von euch getrenntes, euch beherrschendes, und schon gar nicht verwerfliches, aus dem Nichts auftauchendes Gefühl zu betrachten. Sexualität ist auch eine von vielen Ausdrucksformen der Liebe, jedoch bei weitem nicht die einzige.

Da man euch gelehrt hat, und ihr mit bewundernswerter Verbissenheit daran festhaltet, daß das, was Sexualität für euch ausmacht, etwas sei, vor dem man sich hüten müsse, das unterdrückt werden müsse, dem man leicht zum Opfer fallen könnte, wenn man sich darauf einläßt, befindet ihr euch ständig in einem Kampf mit euch selbst und werdet gleichzeitig Opfer und Täter.

Dazu kommt noch, daß ihr alle mehr oder weniger einem religiösen Ideal in diesem Bereich verpflichtet seid, auch wenn euch dies nicht immer bewußt ist. Sexualität ist wertneutral, und schon gar nicht läßt sie sich in einen vom Verstand geprägten Moralkontext hineinzwängen. Eure Sexualität ist dazu da, um euch ein Höchstmaß an Freude, Glück und Zärtlichkeit zu schenken, unabhängig davon, ob ihr diese allein oder mit einem Partner erlebt. Sie ist ein Teil von euch und steht euch jederzeit zur Verfügung, und je öfter ihr euch ihrer bedient, umso sicherer werdet ihr im Umgang, und umso mehr Energien werdet ihr daraus beziehen.

Wenn es euch gelingt, Schritt für Schritt die von außen kommenden Vorstellungen über Sexualität abzulegen und auch auf diesem Gebiet euren Impulsen Folge zu leisten, werden die moralischen Fesseln von euch abfallen, und ihr werdet einen Teil in euch erblicken, welcher euch ungeahnte Möglichkeiten der freudvollen Gestaltung all eurer zwischenmenschlichen Beziehungen gestattet. Ihr werdet erkennen, daß ihr unabhängig davon, ob ihr als Frau oder als Mann durch dieses irdische Dasein wandelt, zu überwältigender Hingabe und Zärtlichkeit an euch selbst und an andere fähig seid.

Es gibt keine männliche und keine weibliche Sexualität, denn ihr tragt beides in euch, und diese künstlich herbeigeführte Trennung beschränkt euch lediglich in eurem Ausdruck.

Ähnlich wie bei der Liebe auch, werdet ihr niemals die wahre Befriedigung eurer sexuellen Bedürfnisse außerhalb von euch selbst finden, wenn ihr sie nicht zuerst in euch gefunden habt. Denn wie könnt ihr in der körperlichen und seelischen Vereinigung mit einem Partner Erfüllung erhoffen, wenn ihr in euch uneins seid.

Erst wenn ihr euch mit euch und im Umgang mit euch selbst die Zärtlichkeit, die Lust, die Ekstase und das Glück gestattet, werdet ihr zu wahrer Hingabe fähig sein und die Sexualität nicht mehr als Machtmittel mißbrauchen, um eure eigenen Ängste oder eure eigenen Begrenztheiten zu kaschieren.

Ein Sich-Einlassen auf die eigene Sexualität bedeutet ein Ernstnehmen eurer Wünsche und Bedürfnisse, ohne in den Fehler zu verfallen, diese moralisch zu bewerten. Auch auf dem Gebiet der Sexualität gilt, daß nichts, was wirklich aus euch kommt, schlecht, böse, schmutzig oder verwerflich sein kann.

Da ihr durch und durch gut seid, wie könnte dann ein Bereich aus dieser Gutheit herausfallen?

Werft also die Fesseln einer verlogenen Moral ab, befreit euch, und besinnt euch auf die in euch wohnende Moral, und niemals wieder werdet ihr Gefahr laufen, euch selbst von der Quelle eurer Freuden abzuschneiden.

Nehmt eure Sexualität und die damit verbundenen Gefühle, Bedürfnisse und Freuden liebevoll an, und ihr werdet Vitalität, Kraft und ungeahntes Glück erfahren.

Dazu ist aber auch notwendig, daß ihr euch von allen Abhängigkeiten, die ihr für euch mit Sexualität in Beziehung setzt, löst, dann werdet ihr nicht mehr in den Fehler verfallen, euch minderwertig vorzukommen oder euren Wert und den Wert eurer Beziehungen an der Unterdrückung eurer Bedürfnisse zu messen.

Darüber hinaus werdet ihr in der Lage sein, für euch und für andere jede Form der sexuellen Beziehung zu akzeptieren, soferne sie frei von Gewalt ist.

Die sexuellen Neurosen innerhalb eurer Gesellschaft sind im Grunde nichts anderes als ein verzweifelter Versuch, sich selbst aus diesem Gefängnis zu befreien. Sogenannte abartige Bedürfnisse werden dann gar nicht erst entstehen, wenn die

Menschen begreifen und gelernt haben, sich selbst als den ersten Sexualpartner anzuerkennen.

Mit Hilfe der Sexualität ist es euch möglich, allein oder mit einem anderen Menschen in Dimensionen vorzustoßen, die, da diese nicht mehr vom Verstand kontrolliert sind, das Erleben der Einheit mit euch selbst und mit der gesamten Schöpfung ermöglichen. Dieses Erleben ist nicht eine Frage raffinierter Techniken, sondern lediglich eine Frage des liebevollen Umganges mit euch und eurer Sexualität.

Gibt es jemanden, dem eine ganz dringende Frage auf der Zunge liegt? Wenn ja, möge er sie stellen.

Frage: Was ist dann Aids?

Aids hat sehr wenig mit Sexualität zu tun, denn in Wahrheit ist diese Krankheit Ausdruck moralischer Unterdrückung und ein Hilferuf eines Teils der Gesellschaft, welcher im letzten einen Teil von euch repräsentiert. Wenn ihr denen glaubt, die meinen, Seuchen dieser Art seien Ausdruck eines Fehlverhaltens, werden sie sich mehren, bis die Menschen erkennen, daß sie ein verzweifelter Aufruf dazu sind, endlich damit zu beginnen, sich selbst zu lieben und sich der damit verbundenen Verantwortung bewußt zu werden. Daß Aids sich ausgerechnet im sexuellen Bereich manifestiert, ist ein Ausdruck der krankhaften Vorstellungen über die Sexualität, nicht aber ein Ausdruck der Sexualität oder eine Folge sexuellen Verhaltens.

Frage: Das würde bedeuten, daß, wenn die eigenen Vorstellungen über Sexualität in Ordnung sind,

man sich nicht anstecken kann, daß man über-
haupt nicht mit Aids in Berührung kommen kann?
Wenn ihr euch eurer Intaktheit bewußt seid und
euch selbst vertraut, seid ihr vor allen Gefahren ge-
feit. In der Tat heißt es, daß, wenn ihr das Gute für
euch akzeptiert, euch nur Gutes begegnen wird.
Wenn ihr allerdings daran festhaltet, daß Gutes nur
erfahrbar wird auf dem Hintergrund des Bösen,
werdet ihr euch wohl oder übel mit dem von euch
geschaffenen Bösen herumzuschlagen haben.
In einer von einer „gesunden" Vorstellung, die Sexualität betreffend, getragenen Gesellschaft wäre
Aids nicht entstanden.
Und nun bitte ich euch, trotz des bei dem einen oder
anderen auftauchenden Unbehagens und der vielleicht vorhandenen Skepsis, euch in Ruhe mit euren
Vorstellungen auseinanderzusetzen, und unvoreingenommen das, was zwischen den Zeilen steht und
zwischen euren Vorstellungen, aufzunehmen, und
nicht zu rasch den Verstand das Wort ergreifen zu
lassen.
Ich wünsche euch allen einen angenehmen Abend,
eine ruhige Heimfahrt und die Erfüllung eurer geheimen Wünsche.

Sexualität und Empfängnis

Sitzung vom 31. 1. 1990

Einen schönen guten Abend.
Ich freue mich, daß wir so einigermaßen vollzählig versammelt sind. Dieser Umstand gibt uns die Möglichkeit, eingehender mit den Fragen umzugehen und diese gleichzeitig für euch und für viele andere zu beantworten. Denn in Wahrheit ist ein Großteil derer, obwohl nicht physisch, so doch auf einer anderen Ebene anwesend, welche uns beim letzten Mal die Ehre ihrer körperlichen Anwesenheit gaben.
Daran könnt ihr erkennen, wie tief verwurzelt die Angst in diesem Bereich ist, und wie vielfältig die Gründe für das Fernbleiben auch sein mögen, so ist die eigentliche Ursache Unsicherheit und zum Teil auch die Unfähigkeit, sich von festen Vorstellungen zu lösen.
In keinem anderen Bereich eures Lebens sind sogenannte Schutzvorstellungen so tief und fest verankert, wie in dem Bereich der Sexualität. Dies wird verständlich zum einen durch die euch von einer strengen Moral aufgezwungenen ständigen Gratwanderung und zum anderen durch den Umstand, daß sexuelle „Anziehung" oder „Ablehnung", beides unter Anführungszeichen, immer noch als Gradmesser für Selbstwert empfunden werden.
Ein weiteres Problem, das in diesem Bereich auftaucht, ist der Versuch des Aufhebens einer Tren-

71

nung mit Hilfe eines Partners, anstatt zuerst die Einheit in sich selbst herbeizuführen.

Da Sexualität nicht etwas von euch Getrenntes ist, sondern ein Teil von euch, der, wie andere Teilbereiche auch, nach Einheit strebt, ist es nötig, diesen Teil zuerst in euch zu integrieren, um euch selbst als Einheit zu erfahren und euch im Bewußtsein dieser Einheit einem Partner zuzuwenden.

Die in eurer Gesellschaft als anrüchig geltenden Ausdrucksformen der Sexualität, wie die Homosexualität, sind Ausdruck eben dieser Trennung in euch.

Erst wenn das Männliche in euch das Männliche und das Weibliche das Weibliche liebt und annimmt, wird diese Trennung aufgehoben, und die Homosexualität wird nicht länger ein Problem einzelner oder der Gesellschaft sein.

Denn alle Formen sogenannten „sexuellen Fehlverhaltens" sind Ersatzhandlungen und nur so lange möglich und nötig, solange dieser Zustand der inneren Trennung vorhanden ist.

Nun bitte ich um eure Fragen.

Frage: Nachdem es bei uns keine brauchbare Sexualerziehung gibt, noch eine Initiation, würde ich gerne wissen, inwieweit z. B. Kaondoschka der Indianer oder das Tantra der Inder bei uns anwendbar sind.

Die Ursachen für die mangelnde und nicht vorhandene sogenannte Sexualerziehung, vor allem in der westlichen Welt, sind allseits bekannt, die Wurzeln liegen ausnahmslos in einem als Moral getarnten Machtstreben religiöser Organisationen begründet. Die von dir angesprochenen Überlieferungen haben in Wahrheit nicht viel mit sexuellem Verhalten und sexueller Technik zu tun, auch wenn es an der Oberfläche so aussieht.

Diese Überlieferungen tragen in ihrem Kern Wissen in sich, das weit über den sexuellen Bereich hinausgeht, und vielfach wird durch die vordergründig zutagetretende Beschäftigung mit den sexuellen Aspekten dieser Überlieferungen die vorzeitige Entdeckung dieses Wissens verhindert.

Es ist also nicht weiter verwunderlich, daß, ähnlich anderer heiliger Überlieferungen, im Augenblick lediglich das an der Oberfläche Liegende erkannt werden kann.

Wahre tantrische Meister sind im Augenblick weit davon entfernt, ihr wahres Wissen darzutun, und das, was in der westlichen Kultur gemeinhin darunter verstanden und auch praktiziert wird, reicht bei weitem nicht an die wahre Tiefe heran.

In Wahrheit bedarf kein Mensch irgendeiner Art von Sexualerziehung oder dergleichen, denn gerade diese Erziehung verursacht euer Dilemma, denn nicht eure Sexualität ist es, die euch Schwierigkeiten bereitet, sondern das, was Generationen vor euch dieser aufgebürdet haben und aus ihr gemacht haben, und das, was ihr in vielen Teilbereichen mehr oder weniger willig annehmt.

Und nichts, außer der Hinwendung zu euch selbst und der Entdeckung eurer eigenen, von jeder Vorstellung und moralischen Einschränkung befreiten Sexualität wird euch aus diesen Schwierigkeiten herausführen.

Initiationsriten in den verschiedenen Völkern dienten nicht als Ausdruck von Sexualerziehung, sondern waren Zeichen und äußerer Ausdruck für die Übernahme von Eigenverantwortung ganzheitlich betrachteter Entwicklung und der damit verbundenen Übernahme von Verantwortung der Schöpfung gegenüber.

Hier liegt ein großes Mißverständnis der wissenschaftlichen Forschung vor, welche es vorgezogen hat, auf Grund oberflächlicher Beobachtungen zu bewerten und zu interpretieren. Dies hat auch damit zu tun, daß bei aller rechtschaffenen Mühe, die der wissenschaftlichen Forschung nicht abzusprechen ist, kein Volk dazu bereit ist, den gesamten Inhalt seiner Riten und Rituale einem Fremden kundzutun.

Ende der Antwort.

Frage: Ich würde gerne wissen, was der Orgasmus, der oft auch der „kleine Tod" genannt wird, ist?

In einer innigen Verschmelzung lösen sich die Wächterinstanzen eures Verstandes für einen kurzen Zeitraum auf, und ihr erlebt für einen Augenblick das, was der Öffnung eures Herzens am nächsten kommt.

Orgasmus ist ein Fenster in einen Bereich eures Daseins, welcher euch zeigt, was wahre Einheit ist. Im Orgasmus erlebt ihr für euch und mit dem Partner die Aufhebung der von mir angesprochenen

Trennung und erfahrt so eure Möglichkeiten und ein Ziel.

Gleichzeitig erfahrt ihr eine Losgelöstheit aus eurer irdischen Dimension und werdet ihr wieder darauf hingewiesen, daß es außer dieser auch andere erfahrbare Bereiche gibt. Auch könnt ihr im Orgasmus einiges über den Tod in Erfahrung bringen und lernen, diesen nicht mehr zu fürchten. Und zuallerletzt blickt ihr im Orgasmus in euer Inneres und erfahrt euch selbst in eurer Gesamtheit als Liebe empfangendes und Liebe verströmendes Wesen, frei von irdischen Begrenzungen. In solchen Augenblicken seid ihr euch eures wahren Selbsts bewußt, denn alle Begrenzungen fallen von euch ab.

Ende der Antwort.

Frage: Welche Art der Verhütung empfiehlst du, und ist Abtreibung im Fall einer unerwünschten Schwangerschaft legitim?

Vor der Beantwortung dieser Frage gestattet mir eine Pause.

Nun zu eurer Frage, das Thema Verhütung und Abtreibung betreffend.

Verhütung ist nur so lange nötig, solange ihr nicht in der Lage seid, euch der euch innewohnenden Schöpferkraft in vollem Ausmaße zu bedienen. In alten Zeiten war diese Art von Verhütung, wie ihr sie heute kennt, nicht nötig, denn auf Grund des alten Wissens und der Fähigkeit der Menschen, sich dieses Wissens zu bedienen, gab es keine unerwünschten Kinder, sondern eine Absprache auf einer Ebene des Bewußtseins der Menschen, in der auf die Bedürfnisse, den Zeitpunkt betreffend, zwischen Ungeborenen und Lebenden eingegangen wurde. Im Idealfall gibt es das auch heute noch, nur daß dieser Prozeß unbewußt abläuft.

In den einzelnen Phasen zwischen den Geburten war Verhütung nicht notwendig, da Empfängnis und Nichtempfängnis ein bewußter Akt der Menschen war. Erst mit der immer deutlicheren Hinwendung der Menschheit zu materiellen Gütern, zu Macht und der damit verbundenen Entfernung von sich selbst, traten diese Erfahrungen in ihr Leben.

Mit der zunehmenden Entfremdung von sich selbst senkte sich der Schleier des Vergessens, und der mühelose Zutritt zu anderen Dimensionen des Seins war nur noch wenigen vorbehalten.

Verhütung und Abtreibung sind Ausdruck der Entfremdung, und wenn dies den Menschen bewußt wird, werden sie lernen, sich ihres alten Wissens zu erinnern, und beide Probleme werden sich von selbst lösen.

Was euer augenblickliches Problem der Verhütung anlangt, so würde ich euch raten, zum einen euch eurer eigenen Intaktheit zuzuwenden und euch dieser immer mehr bewußt zu werden und zum anderen die derzeit möglichen sanften Methoden sogenannter Empfängnisverhütung anzuwenden.

In nicht allzu ferner Zeit wird euch das Wissen um eure diesbezüglichen Möglichkeiten wieder in vollem Umfang zu Verfügung stehen und es nicht mehr notwendig sein, irgendetwas zu verhüten oder im Grunde sehr wohl Gewünschtes abzutreiben.

Denn in Wahrheit ist Empfängnis nur auf Grund eines Wunsches möglich. Niemals kommt es zu einer ungewollten Schwangerschaft. Das Prädikat „ungewollt" wurde nur deshalb geschaffen, um die nachträgliche Veränderung dieses Wunsches zu rechtfertigen. Soweit in Kürze zu diesem Thema, wobei ich bereit bin, ein ander Mal detaillierter und genauer auf die Zusammenhänge einzugehen. Vorläufiges Ende der Antwort.

Euer Einverständnis vorausgesetzt, bitte ich noch um eine Frage und würde dann die Sitzung beenden.

Frage: Ich bitte, folgendes Zitat aus der letzten Sitzung näher zu erläutern: „Dazu ist aber auch notwendig, daß ihr euch von allen Abhängigkeiten, die ihr für euch mit Sexualität in Beziehung setzt, löst."

Soweit ich mich erinnere, wurde eine dieser Abhängigkeiten im Verlaufe dieser Sitzung bereits genannt, nämlich die eures Selbstwertgefühls. Diese erscheint mir auch die am weitesten verbreitete Abhängigkeit zu sein. In ihren verschiedenen Facetten wirkt sie sich auf fast alle eure Lebensbereiche aus, und in sehr vielen Fällen seid ihr nicht in der Lage, den Ursprung dieser Auswirkungen in eben dieser Abhängigkeit zu erkennen. Ihr versucht dann, euch von nicht vorhandenen Abhängigkeiten in anderen Bereichen zu lösen, und lauft so Gefahr, unnütze Windmühlenkämpfe auszuführen, da die Abhängigkeit nicht in diesen Bereichen, sondern in eben diesem einen Bereich besteht.

Wenn ihr euch selbst als den von mir in der vorangegangenen Sitzung angesprochenen ersten Sexualpartner akzeptiert und annehmt, steigt ihr automatisch aus diesem Spiel aus, und ihr werdet frei
und unabhängig.

Dies wiederum ermöglicht euch eine freie Gestaltung und den freien Ausdruck eurer Sexualität, ge-
gründet auf eurer euch innewohnenden Moral.

Ende der Antwort

Nun denn, so wünsche ich euch allen einen angenehmen Abend, euch beiden eine gute Heimfahrt,
dem Rest der Versammelten „Gut Flug" und eine
gute Nacht.

Einheit, Einfachheit

Sitzung vom 7. 2. 1990

(Der Sitzung war ein von Erich angeregtes, halb scherzhaftes Gespräch darüber vorausgegangen, ob MO zu bedauern sei, weil ihm irdische Genüsse wahrscheinlich versagt seien.)
Einen schönen guten Abend, ein herzlicher Willkommensgruß unseren Gästen.
Für Erich:
Ich bin durchaus geneigt, deine genüßlichen Fragen zu beantworten.
Da ich über eine Reihe von Erfahrungen dieser irdischen Dimension verfüge und mir einige sogenannte gute Eigenschaften bewahrt habe, bin ich irdischen Genüssen durchaus nicht abgeneigt.
Auch verläuft mein Dasein bei weitem nicht so freudlos, wie es angesichts der irdischen Möglichkeiten erscheinen mag. Gerne nehme ich deine Einladung, einen zu „lüpfen", wie du es nennst, an, bitte mir aber aus, eine Gegeneinladung aussprechen zu dürfen.
Wenn ich es mir aussuchen darf, dann bevorzuge ich milden, gut gereiften Cognac des Jahrganges 1865, denn damit verbinde ich einige angenehme Erinnerungen an eine schöne Zeit, und wie mir scheint, hatten wir damals bereits das Vergnügen.
Du scheinst damals nur ein wenig ob meiner materialistischen Einstellung verunsichert gewesen zu

sein und hast vergebens versucht, mir höhere Werte näherzubringen. Aus dieser Zeit stammt auch deine Aversion gegen Religionsgemeinschaften, denn du warst eines ihrer Mitglieder, und als mein Hauskaplan hättest du liebend gerne die Rollen vertauscht.

Auch deine Fabulierkunst ist ein Relikt aus dieser Zeit, und es sollte mich wundern, wenn es dir nicht auch in diesem Leben gelänge, Nutzen daraus zu ziehen.

Nun zu der von dir aufgeworfenen Frage, wie ich mein Dasein friste und welche Möglichkeiten der Teilnahme an irdischen Genüssen mir gegeben sind:

Da ich bei jeder Sitzung mit einem Teil meines Bewußtseins anwesend bin, nehme ich auch an euren Vergnügungen teil. Der Vorteil, den ich euch gegenüber habe, besteht unter anderem auch darin, daß ich nach einem Gelage oder einem guten Essen das Geschirr nicht zu spülen brauche.

Auch brauche ich nicht darauf zu achten, ob ich zu fett oder zu ungesund esse oder ein Glas zuviel trinke.

Auf Grund der Tatsache, daß ich über keinen physischen Körper verfüge, bin ich in der Lage, über die von mir selbst geschaffenen „Sinnesorgane" den sogenannten irdischen Genüssen weit mehr Freude und Befriedigung abzugewinnen.

Wenn ihr Nahrung zu euch nehmt, seid ihr auf eure zum Teil nicht ganz ausgebildeten und nicht voll funktionierenden Geschmacksnerven angewiesen, euer Genuß ist abhängig von eurer augenblicklichen Stimmung, in der ihr euch befindet, der Umgebung, den Menschen um euch, euren Gewohnheiten, euren Vorurteilen, euren Prinzipien, euren Vorstellungen und eurer körperlichen Verfassung.

Mir hingegen ist es möglich, alles, was in irgendeinem Zusammenhang mit diesem Nahrungsmittel steht, zu riechen, zu schmecken, zu fühlen, zu sehen, zu hören, zu begreifen, und darüber hinaus bin ich zugleich dieses Nahrungsmittel.

Wenn ich mit euch das Brot teile, dann nehme ich die Sonne, den Regen, den Wind, die Erde, das Feuer und alles, was in irgendeinem Zusammenhang damit steht, in mich auf.

In der Dimension, aus der ich komme, um mit euch zu sein, ist es möglich, beinahe alles zu erschaffen, und gleichzeitig Erschaffenes und Erschaffender zu sein. Wenn ihr ein wenig eurer Phantasie freien Lauf laßt, werdet ihr erkennen, wie vergleichsweise gering das, was ihr euch zur Zeit als höchsten irdischen Genuß vorstellen könnt, sich dagegen ausnimmt.

Und ich sage euch, daß jedem einzelnen von euch die Fähigkeit gegeben ist, das, was mir möglich ist, in eurem Hier und Jetzt zu erreichen. Denn diese Fähigkeit ist nicht abhängig davon, in welcher „Dimension" ihr euch befindet. Sie ist euer göttliches Erbe und gehört euch seit und für ewige Zeiten an.

Alles ist davon abhängig, wie weit es euch gelingt, euch von euren Vorstellungen zu lösen, euch Unbekanntem zu öffnen und euch bewußt zu machen, daß ihr in jedem Augenblick eures Daseins in allen

„Dimensionen", welche in Wahrheit nur eine einzige ergeben, existiert. Da alle „Dimensionen" eine einzige ergeben, gibt es auch keine Trennung zwischen den einzelnen und auch keine Hierarchie.

Ihr seid Teil einer Einheit und gleichzeitig die Einheit und im Grunde untrennbar.

Alle diese Unterteilungen in verschiedene Dimensionen, verschiedene Bewußtseinsebenen, wurden künstlich geschaffen, um euch so Schritt für Schritt wieder eurer Einheit zuzuführen, und sind eurem begrenzten Denken angepaßt.

Mit zunehmender Bewußtwerdung eurer selbst werden diese Unterteilungen und Trennungen gleich unbrauchbar gewordener Krücken von euch abfallen.

Pause.

Ich bitte unseren Freund Erich um ein wenig Geduld, es wird ihm Gelegenheit gegeben werden, seine Frage noch heute anzubringen.

In der Tat liegt der gesamten Schöpfung die Einfachheit zugrunde, und es scheint so zu sein, als wäre die Menschheit im Augenblick nicht in der Lage, das Einfache unwidersprochen hinzunehmen, schon allein deswegen, weil dann ja alles ganz einfach wäre, und wo bliebe dann der Anspruch auf Macht, auf Besserwissen, auf Überlegenheit. All dies und sämtliche Spiele, die auf allen Ebenen menschlichen Daseins gespielt werden, fielen dann einfach weg. Und so einfach darf der Mensch sich das nicht machen.

Und da nicht sein kann, was ist, werden immer komplizierte Zusammenhänge erdacht, damit sich euer Geist, besser gesagt, euer Verstand, in immer waghalsigere Abenteuer auf der Suche nach Problemlösungen für selbstproduzierte Probleme stürzen kann. Auf der Strecke bleiben eure Lebensqualität, eure Humanität und eure unermeßlichen Möglichkeiten. Wenn ihr euch in eurem Alltagsleben von der Vorstellung, daß das Einfache schwer sei, verabschiedet, werdet ihr freudvoll erfahren, wie einfach das Leben jedes einzelnen von euch plötzlich wird.

Für Erich: Nun, mein Freund, laß hören, was dich quält

(Erich bedankt sich für MO's Einladung und lädt ihn zu einem kleinen Fest ein.)

Seine Frage: Warum lebe ich noch auf dieser irdischen Ebene, während du offensichtlich eine andere bevorzugst?

Mit Freude blicke ich zum einen dem kleinen Fest entgegen, und ich ersuche dich, dich nicht unnötig mit meiner genannten Vorliebe auseinanderzusetzen, da ich jeglicher neuen Erfahrung aufgeschlossen bin, und ich doch annehme, daß auch dieses Jahrhundert einen annehmbaren Jahrgang hervorgebracht hat.

Zum anderen danke ich dir für die Annahme meiner Einladung, und die Gelegenheit dazu wird sich sehr bald ergeben.

Nun zu deiner Frage: Wenn du dich aufmerksam mit den Inhalten der heutigen Sitzung auseinandersetzt, wirst du erkennen, daß wir uns in Wahrheit nicht getrennt haben, denn so wie ich mich hier befinde, so befindest du dich dort, wo ich mich gewöhnlich aufhalte. An dieser Stelle erlaube ich mir, darauf hinzuweisen, daß das soeben Gesagte auch für alle anderen im Augenblick Anwesenden gilt.

Das, was in diesen Sitzungen und darüber hinaus in eurem Leben geschieht, ist das Auffrischen und Erinnern einer alten Freundschaft zwischen euch und mir.

Darum sei auch unserem Freund Erich für den Mut, dieses Thema anzuschneiden, heutigen Tages die Tapferkeitsmedaille verliehen. Fürs erste sollte die in Lametta genügen.

Noch ein Hinweis für dich, Erich: Bevor du beginnst, Gedankenakrobatik zu betreiben, und dich dein Ehrgeiz, alles verstehen zu wollen, überrennt, laß das heute Gesagte auf dich wirken, und gib dich den damit verbundenen Gefühlen hin.

Meine Aufgabe und mein Wunsch ist es, mit euch gemeinsam das Trennende zwischen uns abzubauen, damit auch ihr in die Lage kommt, euch mit mir als Einheit zu erfahren und wir uns im übertragenen Sinn erneut und endgültig wiederfinden.

In diesem Sinne beende ich die heutige Sitzung, jedoch nicht, ohne euch zuvor für euren Mut, eure Offenheit und eure Ausdauer zu danken.

Mit Freude sehe ich unserer nächsten Begegnung entgegen.

Einen angenehmen Abend noch und gute Nacht.

Schöpferkraft

Sitzung vom 14. 2. 1990

Einen schönen guten Abend, besonders herzlich begrüße ich unseren neuen Gast. Darüber hinaus
freue ich mich über die Anwesenheit der Genesen-
den in unserer Mitte und verfolge mit Interesse die
verstandesmäßigen Kunststücke unseres Freundes.
Da er über ein ausgezeichnetes Netz verfügt, besteht
selbst bei einem Überschlag keine Gefahr.
Ich denke, daß sich seit den letzten Sitzungen einiges an Fragen angesammelt hat und würde daher
vorschlagen, die heutige Sitzung diesen Fragen zu
widmen. Wenn möglich, so gedenkt unserer Abma-
chung, jeweils nur eine einzige Frage zu stellen.
Da bekanntlich den Tapferen die Welt gehört, er-
warte ich mit Spannung den ersten Fragenden.
*Erich: Meine erste Frage betrifft unser „privates
Fest". Der Cognac ist besorgt und ich bitte dich, den
Zeitpunkt zu wählen.*
*Die zweite Frage: Du hast gesagt, wir seien eins mit
dir und du mit uns, dann hätten wir Zugang zu dei-
nen schöpferischen Fähigkeiten. Was bedeutet es für
uns, eins mit dir zu werden?*
Zu deiner ersten Frage: Wie es sich für einen wohl-
erzogenen Gast gehört, überlasse ich es dem Gastge-
ber, einen Termin festzulegen.
Zur zweiten Frage: In der letzten Sitzung habe ich
versucht, euch Hinweise zu geben darüber, was es

mit den verschiedenen Dimensionen des Seins auf sich hat. Wie erinnerlich, habe ich darauf hingewiesen, daß es in Wahrheit eine einzige Dimension des Seins gibt. Da ihr in großem Umfang an den Begrenzungen eures irdischen Daseins aus den verschiedensten Gründen festhaltet, erlebt ihr einen nicht unerheblichen Teil eurer Gesamtexistenz auf unbewußten Ebenen, in euren Träumen, in euren Visionen, aber auch in euren Hoffnungen, welche ihr viel zu oft vorzeitig verwerft, in manchen eurer Pläne und in manchen Alltagserfahrungen.

In den vorangegangenen Gesprächen habe ich wiederholt darauf hingewiesen, daß ihr alle die Möglichkeiten und die Fähigkeiten, euch in anderen Bewußtseinszuständen zu erfahren, in euch tragt. Eure und meine Grundstruktur ist dieselbe, und wenn es euch gelingt, euch eures irdischen Verhaftetseins, welches sich im wesentlichen auf den Verstand gründet, zu entledigen, werden sich euch zunehmend mehr Bereiche eures gesamten Wesens erschließen.

Das, was ihr gemeinhin als veränderte Bewußtseinszustände bezeichnet, ist dies nur insoferne, als sich euer Bewußtsein dahingehend verändert, daß ihr beginnt, euch mit euren Fähigkeiten und Möglichkeiten und eurem gesamten Potential bewußt wahrzunehmen.

Denn das, was euch und mich „unterscheidet", ist der Umstand, daß ich mir all dessen, woran ihr euch im Augenblick herantastet, bewußt bin, und in der Lage, die mir bewußten Fähigkeiten und Möglichkeiten einzusetzen. Und doch sage ich euch, daß auch ich gleich euch ein Lernender bin und es Bereiche des Bewußt–Seins gibt, in die auch ich noch nicht vorgestoßen bin.

In dem Maße, in dem ihr lernt, euer Ego zu beherrschen und mit ihm umzugehen, verändert sich euer Bewußtsein, öffnen sich euch neue Türen für nicht gekannte Erfahrungen, und ein Schritt führt euch von selbst zum anderen.

Verfallt nicht in den Fehler, euch an Erfahrungen anderer Menschen auf diesem Gebiet zu orientieren, denn jeder von euch entwickelt sich auf die ihm eigene Art, mit den für ihn und nur für ihn gültigen Erfahrungen. Zu leicht handelt ihr euch Enttäuschungen ein, wenn ihr versucht, an Hand der in gewaltiger Zahl vorhandenen Literatur Erfahrungen zu reproduzieren.

Vertraut auf das, was aus euch kommt, denn dies ist das wahre Wissen, welches euch auf den richtigen Weg führt.

Es führt kein Weg an euch vorbei.

Eine der Grundvoraussetzungen, das Bewußtsein zu verändern, ist erhöhte Aufmerksamkeit in allem, was geschieht,

eine zweite: das Aufgeben von Widerständen, welche eng mit euren Vorstellungen zusammenhängen,

eine dritte: reagieren anstatt agieren, denn dies fördert euer spontanes Handeln und zwingt euch, euer falsches Sicherheitsdenken aufzugeben,

und eine vierte: der Mut zur Geduld.

Wäre ich nicht in euch und ihr nicht in mir, dann säßen wir jetzt nicht hier, denn ihr seid die Stimme, die aus mir spricht.

Es ist nicht notwendig, daß ihr versucht, all das, was in diesen Gesprächen zutage tritt, verstandesmäßig zu erfassen, denn wahres Wissen kommt aus dem Herzen, und ähnlich einer Knospe öffnet sie sich zur vollen Blüte, wenn die Zeit da ist.

Dies sollte als erstes als Antwort genügen.

Pause.

Ein Nachsatz für unseren Freund Erich:

Was deine Befürchtungen anlangt, so versichere ich dir, daß zum einen nichts ohne deine Zustimmung geschieht, und zum anderen nichts, was dir schaden könnte.

Und nun bitte ich um die nächste Frage.

Frage: Was ist die Schöpferkraft? Und was meinst du mit der „Pflege des Geistes" zum Unterschied zur Pflege des Körpers, wie du es einmal angesprochen hast?

Unter Schöpferkraft ist im wesentlichen und vereinfacht ausgedrückt eure Fähigkeit zu betrachten, euch der Illusion, die ihr schafft, bewußt zu werden, um damit beginnen zu können, euch aus euch selbst ständig neu zu schaffen, und damit den Tod zu überwinden.

Schöpferkraft meint aber auch, daß ihr es seid, die ihr euch eure Lebensumstände und jede noch so geringe Alltagssituation erschafft und es somit in der Hand habt, euer Sein nach euren Wünschen zu gestalten, vorausgesetzt, ihr lernt, euren tatsächlichen Wünschen auf die Spur zu kommen.

In vielen Fällen vergeudet ihr diese Kraft, weil ihr nicht bis an den Grund eurer Wünsche herangeht, sondern euch an der euch umgebenden Gesellschaft orientiert.

Wenn ihr in kleinen Dingen lernt, mit dieser Kraft umzugehen, wird es euch möglich sein, immer sicherer im Umgang damit zu werden, und allmählich wird das Vertrauen in euch und in diese Kraft zunehmen.

Wessen immer ihr bedürft, ihr seid in der Lage, dies aus euch heraus zu schaffen, und es gibt im Grunde keine Grenze.

Ein Weg zur Erschließung dieser Kraft führt über das Denken des Herzens.

Was die Pflege des Geistes anlangt, so liegt auch hierfür der Ansatz in eurem Herzen. Denn im Grunde sitzen alle eure Schwierigkeiten im Kopf und in den von eurem Verstand produzierten Vorstellungen.

Wenn ihr eurem Geist wahrlich Pflege angedeihen lassen wollt, dann gestattet ihm, sich zu entwickeln, sich seines immensen Potentials zu erinnern und dieses an die Oberfläche eures Bewußtseins zu befördern. Wenn ihr dies tut, werdet ihr euch überraschend schnell einer radikalen Veränderung eures irdischen Daseins zu eurem Wohle gegenüber sehen.

„Der Geist weht, wo er will" ist nicht anders zu verstehen, als daß er dort wirksam wird, wo der Mensch es zuläßt.

Da euer Geist Zugang zu allem Wissen und zu allen sogenannten Geheimnissen menschlichen Daseins hat, eröffnen sich so für euch ungeahnte Möglichkeiten. Um euren Verstand wirklich gebrauchen zu können, ist es zuerst notwendig, diesen von allen falschen Vorstellungen zu reinigen. Erst dann wird euer Geist Wohnung in ihm nehmen, und ein solcherart verbundenes Team wird euch in höchste Höhen führen.

Wenn ihr euren Körper pflegt, so beinhaltet diese Pflege zuerst einmal die Beseitigung all dessen, was ihn in seiner Entwicklung und seiner Bewegungsfreiheit einschränkt. Wenn ihr ähnlich mit eurem Geist verfahrt, werdet ihr euch über die daraus entwickelten Möglichkeiten wundern.

Ende der Antwort.

Frage: Du hast in der letzten Sitzung gesagt, daß es dir möglich ist, fast alles zu erschaffen. Heißt das, daß auch du Grenzen hast, wenn ja, welche sind das, und betreffen sie auch uns?

Zu Beginn der Sitzung habe ich darauf hingewiesen, daß auch ich ein Lernender bin, und insoferne sind meinem augenblicklichen Erschaffensdrang Grenzen gesetzt. Jedoch sind diese Grenzen transparent und nicht so starr gezogen. Die Vielfalt an Möglichkeiten des Erschaffens ist dermaßen geartet, daß es nicht möglich ist, diese sprachlich zu erfassen oder auch nur annähernd gültig zu umschreiben. Ich werde aber versuchen, in der nächsten Sitzung soweit als möglich darauf einzugehen und mich einigermaßen verständlich zu machen.

Meine derzeitigen Grenzen haben allerdings keine Auswirkungen auf das, womit ich im Augenblick beschäftigt bin.

Sie umfassen einen Bereich, der jenseits „menschlicher Erfahrungen" liegt.

Vorläufiges Ende der Antwort.

Nun, da das Thema der nächsten Sitzung bereits feststeht, wollen wir uns für heute zur Ruhe begeben.

Ich wünsche euch allen eine angenehme Heimfahrt, kreative und an positiven Überraschungen reiche Zeiten.

Allen, deren Herzen von Sorgen belastet sind, versichere ich die rasche Auflösung derselben.

Einen angenehmen Abend noch und gute Nacht.

Erweitertes Bewußtsein

Sitzung vom 21. 2. 1990

Einen schönen guten Abend Freunde, ein besonders herzlicher Willkommensgruß unserem neuen Gast. Wie in der letzten Sitzung angekündigt, werde ich versuchen, ein wenig Einblick in das zu gewähren, was es über die irdische Dimension hinaus und fern jeder menschlichen Erfahrung an Möglichkeiten des Geistes gibt, und womit ich als Lernender im Augenblick beschäftigt bin.

Wenn einiges von dem, was ich heute auszuführen versuche, euch nicht gleich verständlich erscheint, seid bitte darüber nicht verwundert, sondern vertraut darauf, daß sich die Türen öffnen.

Die gesamte euch bekannte Schöpfung ist lediglich ein Bruchteil dessen, was es an Geschaffenem gibt, und alles, was geschaffen wurde und wird, ist der Versuch, göttlicher Liebe Ausdruck zu verleihen, und zwar dergestalt, daß alles, was dieser göttlichen Liebe innewohnt, sichtbar zu werden vermag.

Wenn ihr davon ausgeht, daß der Geist im Grunde grenzenlos ist, dann sind dies auch seine gestalterischen Möglichkeiten.

Ihr auf der Erde geht im Augenblick eben daran, euer diesbezügliches Potential zu entdecken, und zu lernen, daß alles, was ihr denkt, sich in irgendeiner Form auf den verschiedensten Ebenen in Form von Ereignissen, aber auch Gegenständen manifestiert.

Da ihr euch selbst der irdischen Begrenztheit ausgeliefert habt und diese nur schwer aufzugeben in
der Lage seid, sind eure diesbezüglichen Ergebnisse
im Augenblick noch recht dürftig.

Gleichzeitig erlaubt euch diese Beschränkung ein
schrittweises Eintauchen in diese Fähigkeiten und
verhindert so eine Überforderung eurerseits.

In einem anderen Bewußtseinszustand laufen die
Ergebnisse eurer Geistesarbeit Hand in Hand mit
ihrem geistigen Entstehen. Dies erfordert ein hohes
Maß an Geistesdisziplin, denn jeder Gedanke mate-
rialisiert sich im Augenblick des Denkens und ist
nicht korrigierbar. Es bedarf also eines reinen Geistes, um nicht von dem Selbstgeschaffenen überfah-
ren zu werden, und auch, um sozusagen die Kontrolle über das Geschaffene nicht zu verlieren.

Je höher das Bewußtsein sich entwickelt und erweitert, um so mehr befreit es sich aus dem irdischen
Verhaftetsein und wendet sich der Weite des Universums und den faszinierenden Möglichkeiten jenseits von Raum und Zeit zu.

Von egoistischen Tendenzen befreit, neue Zusammenhänge göttlichen Wirkens erkennend, erschaut
der Geist neue Welten, die auf völlig anderen
Grundlagen zu existieren imstande sind als das
bisher Gekannte. Es wird ihm möglich, seine
eigenen Vorstellungen, das Universum betreffend,
zu realisieren, damit zu experimentieren, sie zu
verwerfen, sich neuen zuzuwenden und damit
gleichzeitig „die Entfernung" zwischen sich und
dem göttlichen Urgrund zu verringern.

Da es weder Raum noch Zeit gibt, schlage ich mich im Augenblick damit herum, daß alles geschieht, und gleichzeitig nichts geschieht.

Es ist mir möglich, die gesamte Entwicklung der Erde und ihrer Bewohner in weniger als dem Bruchteil einer Sekunde entstehen zu lassen, sie in all ihren Facetten wahrzunehmen, mich selbst in allem zu erfahren und doch gleichzeitig in keiner Weise davon betroffen zu sein.

Ebenso ist es mir möglich, in derselben Zeit die gesamte Geschichte neu zu schreiben und die solcherart entstandene Welt in ein neues Universum zu entlassen.

Ihr wäret erstaunt über die Fülle solcher Modelle in eurer unmittelbaren Umgebung.

Versucht euch auch vorzustellen, wie viel es zu erfahren gibt, wenn allein nur die Grenzen von Form und Farbe, Klang und Material aufgehoben werden. *Pause.*

Eure in der Pause geführte, wenn auch kurze, so doch heftig aufwallende Diskussion zeigt zum einen die Grenzen der sprachlichen Möglichkeiten, zum anderen aber zeigt sie auch auf, wie schwer es für euch ist, euch von gängigen Vorstellungen zu befreien und damit verbundene Ängste abzubauen.

Wenn ihr erkennt, daß ihr gleichzeitig Experiment und Experimentierende seid, wird eure Angst vor Manipulation schwinden, und ihr werdet unbeschadet und ohne euch zu verlieren, in den Fluß ewigen Werdens und Vergehens eintauchen. Auch dies ist eine Erfahrung, welche nur mit der Sprache des

Herzens artikulierbar ist, und das Herz ist im positiven Sinne dieses Wortes sprachlos.

Um ein wenig von dem zu erfahren, was an Wunderbarem möglich ist, müßt ihr tief in euch eintauchen, und je tiefer ihr euch in euch hinabgleiten laßt, umso höher werdet ihr jubelnd aufsteigen.

Der eine oder andere von euch hat in den vergangenen Augenblicken eine Tiefe in sich erreicht, zu der er bislang noch nicht vorgestoßen ist. Auch wenn euch dies im Augenblick nicht bewußt ist, wird es sich sehr wohl in eurem Leben bemerkbar machen.

Noch ein Wort zu den von mir vor der Pause angesprochenen „Experimenten", welche den Unmut einiger unter euch ausgelöst zu haben scheinen:

Verfallt nicht in den Fehler eurer eigenen Vorstellungen davon, daß hier Wesenheiten am Werk seien, welche die mißlungenen Ergebnisse ihrer Schöpfungen willkürlich in eine ungewiße Geschichte entlassen, sondern bedenkt, daß das, was unserem Tun zugrunde liegt, Liebe ist und der Versuch, dieser Liebe, frei von persönlichen und egoistischen Tendenzen, Ausdruck zu verleihen.

Sollte jemand unter euch zu dem heute Gesagten eine Frage haben, so bin ich gerne bereit, diese so weit als möglich zu beantworten.

Ich sehe eine Reihe nicht ausgegorener Fragen im Raum und denke, daß bis zum nächsten Mal die eine oder andere davon eine endgültige Fassung erhalten hat.

Nun ein Angebot der Woche:

Wer eine private Frage hat und sich nicht scheut, diese in diesem Kreis zu stellen, der tue dies.
(Erich fixiert den Termin seiner Einladung mit 1. 3. 1990, 18 Uhr.)
Für Erich:
Vielen Dank für die präzise Zeitangabe. Unvorhergesehene Ereignisse sollten die einzige Verhinderung meines Kommens sein. Dankbar wäre ich noch, wenn du von Abendkleidung absehen würdest.
Für Julia und Petrus:
Euer beider Sorgen werden sich bis zum Ende der nächsten Woche als weit geringer als befürchtet herausstellen.
Für unseren neuen Gast:
Es scheint, als warte eine neue berufliche Aufgabe darauf, wahrgenommen zu werden.
Für Peter:
Ein neues Angebot für eine interessante Aufgabe, welche der Erfüllung eines geheimen Wunsches nahekommt, kündigt sich an.
Nun denn, gestattet mir, mich zurückzuziehen. Ich wünsche euch allen noch einen vergnüglichen Abend, eine gute Heimfahrt und eine gute Nacht.

Sucht – Suchende

Sitzung vom 28. 2. 1990

Einen schönen guten Abend, mit besonderer Freude begrüße ich unseren neuen Gast.

Falls jemand eine besonders quälende Frage auf dem Herzen hat, möge er sie am Beginn der Sitzung stellen.

(Es folgte vorerst eine private Frage und deren Beantwortung.)

Nun, da heutigen Tags nicht einmal unseren Freund Erich eine Frage zu quälen scheint, würde ich die heutige Sitzung gerne den Suchenden widmen.

Die Sucht und der Suchende sind im Grunde untrennbar miteinander verbunden. Jede Sucht oder Abhängigkeit hat ihren Ursprung in der Suche nach dem verlorenen Sinn des Daseins.

Die am weitesten verbreitete Sucht, vor allem in der sogenannten westlichen Zivilisation, ist die Sucht, alle Fragen des Daseins mit dem Verstand zu lösen.

Erst diese Sucht gebiert alle anderen Abhängigkeiten, da sie die Menschen hindert, ihr wahres Selbst zu entdecken und ihrem Dasein Sinn zu verleihen.

Denn der sich selbständig machende Verstand befindet ungefragt und in den seltensten Fällen Widerspruch duldend, über Sinn oder Nicht–Sinn. In den meisten Fällen beugen die Menschen sich Zeit ihres Lebens dem Diktat des Verstandes wider besseren

seren inneren Wissens und über ihre Herzen hinweg. Dies führt dazu, daß das innere Selbst verzweifelt versucht, diesem Diktat zu entrinnen und den Menschen sich selbst nahezubringen.

Vielfach ist dies nur möglich, wenn dabei der Verstand mit Hilfe verschiedener Mittel oder auch Tätigkeiten vorübergehend wenigstens teilweise ausgeschaltet wird, um so kurze Zeit der Stimme der gequälten Seele Gehör zu verschaffen.

Da der Verstand sich enorm weigert, dies zuzulassen, das wahre Selbst des Menschen aber ebenfalls sein Recht beansprucht, kommt es zu Abhängigkeiten der verschiedensten Art.

Auf der Suche nach dem verlorenen Sinn bemühen die Menschen dann, anstatt in sich hineinzuhören und das Gehörte ernst zu nehmen, Mittel wie Alkohol, Drogen, extreme Eßgewohnheiten, Verweigerung der Nahrungsaufnahme und verschiedene andere noch. Da es keinem Menschen gelingt, auf die Dauer an sich selbst vorbeizuleben, machen sie auf ihrem Weg Erfahrungen, in denen sie sich ihrer anderen Möglichkeiten, ihrer Wünsche und Bedürfnisse bewußt werden, doch ehe diese sich in ihrem Bewußtsein festzusetzen vermögen, um dadurch entsprechende Handlungen auszulösen, setzt die Unterdrückung durch den Verstand ein.

Mit Hilfe der Sucht gelingt es dem Suchenden, wenigstens für den Zeitraum, in dem er dieser seiner Sucht frönt, dieser Unterdrückung zu entrinnen. Da es sich aber sozusagen um eine Oberflächenbehandlung handelt, stellt sich die gewünschte Veränderung niemals ein, und ein neuerlicher Suchtversuch wird notwendig. Daraus entsteht eine Eigendynamik, welche in letzter Konsequenz den Suchenden das Gesuchte aus den Augen verlieren läßt und ihn zum Süchtigen macht.

Immer dann, wenn der Mensch sich sich selbst verweigert, und sei es in den kleinsten Dingen des Alltags, geht ein Teil von ihm verloren.

Je früher ihr also eurem eigenen „Treiben" im Umgang mit euch selbst Einhalt gebietet, euer Handeln und euren Weg selbst bestimmt im Vertrauen auf euer Gutsein, umso weniger werdet ihr euch abhanden kommen und Gefahr laufen, ewig Suchende zu bleiben.

Pause.

Nun noch ein Wort zu den sogenannten bewußtseinserweiternden Drogen:

Im Grunde ist von allen Drogen dieser Art insofern abzuraten, da diese auf Grund der mangelnden Verankerung in eurer Kultur zum einen in ihrer Anwendung in den seltensten Fällen mit dem nötigen Respekt und dem nötigen Verantwortungsgefühl behandelt werden, zum anderen, weil ihre tatsächliche bewußtseinserweiternde Auswirkung weit geringer ist, als gemeinhin angenommen.

Die für viele damit verbundenen Erfahrungen sind in hohem Maße von den mit der Droge verbundenen Vorstellungen und dem tatsächlichen Bewußtseinsstand des sich ihrer Bedienenden verfälscht. Auch beschränkt sich diese Erfahrung sogenannter Bewußtseinserweiterung auf den Zeitraum der Wirkung der Droge, und eine tatsächliche Erweiterung des Bewußtseins auf Dauer ist niemals durch eine wie immer geartete Droge zu erreichen.

Gleiche oder ähnliche Erfahrungen, jedoch wesentlich authentischer, sind in ihrer Auswirkung auf Dauer jedem von euch zu jeder Zeit aus euch selbst möglich.

Ihr brauchtet nur den Mut dazu aufzubringen, euer Leben nach euren Impulsen auszurichten, und ihr würdet erstaunt sein, welche Bewußtseinszustände ihr zu erreichen imstande seid.

Jeder Augenblick eures Daseins würde sich euch in seiner Intensität und Fülle darstellen, und ihr würdet gleichzeitig Zugang zu vielen anderen Ebenen eures Daseins erhalten und zu wahrhaft Seienden werden.

Denn der Zustand des „Ich bin" ist ein Zustand, der, einmal erreicht, euch nie wieder verläßt, all eure Sinne erfüllt und euch den Zugang zu allen Ebenen göttlichen Seins erschließt. Ihr tragt die gesündeste Droge, euer Bewußtsein zu erweitern, in euch. Bedient euch ihrer, indem ihr jeden Augenblick eures Daseins bewußt aufzunehmen lernt.

Wenn ihr euch dieser Droge bedient, lauft ihr niemals Gefahr, auf Grund der geltenden Gesetze in die Kriminalität abzurutschen, noch, süchtig zu werden, und darüber hinaus werdet ihr weit bessere Ergebnisse erzielen.

Was den Gebrauch solcher Drogen im Zusammenhang mit schamanischen Ritualen anlangt, so sind diese tief in den Erfahrungen dieser Menschen verwurzelt und werden außerdem im großen und ganzen höchst selten und sehr behutsam angewandt.

Niemals dienten oder dienen durch Drogen herbeigerufene Zustände erweiterten Bewußtseins egoistischen Zwecken, immer ist damit verbunden die Hilfe für andere.

Doch selbst wenn jemand von euch sich für den Weg des Schamanen entscheiden sollte, würde ich ihm raten, ein drogenfreier Schamane zu werden.

Ich würde nun ein vorläufiges Ende der Sitzung vorschlagen. In der nächsten Sitzung werden wir uns an Hand eurer Fragen weiter damit auseinandersetzen.

Für heute sei es genug, wiewohl ich gerne noch länger in eurer Runde weilte, bringe ich sozusagen ein Fastenopfer. Meine besten Wünsche für euch alle, einen angenehmen Abend noch, allen Reisenden eine gute Heimfahrt und gute Nacht.

Die neue Zeit

Sitzung vom 7. 3. 1990

Einen schönen guten Abend, ein herzlicher Willkommensgruß unserem neuen Gast.

Nun, da dieser Kreis heute erlesen ist, würde ich
vorschlagen, Julia's Wissensdurst Rechnung zu
tragen.

*Frage: Von wem ist eine Empfängnis gewollt – von
der Frau, vom Mann, vom Kind oder von allen?*

Empfängnis geschieht nur in Übereinstimmung des
Wunsches aller Beteiligten. Die Verständigung darüber läuft allerdings auf einer Ebene ab, welche in
den allerwenigsten Fällen bewußt wahrgenommen
wird. So ist es möglich, daß an der Oberfläche der
Eindruck entstehen kann, das Kind sei nicht er-
wünscht, obwohl es dies in Wahrheit nicht gibt.

In solchen Fällen ist aus verschiedenen Gründen
irgendwann zu einem Zeitpunkt nach der Empfängnis die Verständigung zwischen den Beteiligten
unterbrochen worden. Der Gründe einer Veränderung einer ursprünglich gemeinsam beschlossenen
Erfahrung sind viele, die meisten davon egoistischer
Natur der erwachsenen Beteiligten.

In seltenen Fällen entscheidet auch das Kind, die
nachträglich eingetretenen Veränderungen nicht zu
akzeptieren.

Da diese Vorgänge schwer in ihrem gesamten Zusammenhang für die vordergründig Betroffenen be-

greifbar sind, erscheint die Tatsache eines im Mutterleib oder bei der Geburt gestorbenen Kindes oftmals rätselhaft.Würden die betroffenen Eltern sich der Mühe unterziehen, ihre Einstellungen zu überprüfen, wäre das Rätsel bald gelöst.

Hinzuzufügen sei noch, daß diese Kinder den Vorgang des Sterbens insoferne unbeschadet überstehen, als es sich dabei um einen bewußten Akt ihrerseits handelt. Denn in den meisten Fällen verfügen die Kinder über weit mehr Erfahrung, Weisheit und Wissen als die Erwachsenen.

Ende der Antwort.

Frage: Hängt das Ego mit dem Körper zusammen, wenn wir den Körper verlassen, geht das Ego mit uns?

Das Ego ist eng an den Körper gebunden und mit eurer irdischen Existenz verknüpft. Auf anderen Ebenen eures Seins erkennt ihr euch weit besser als Teil eines Ganzen, und es bedarf des Egos nicht mehr, zumal in diesen Dimensionen keinerlei Machtstrukturen oder Hierarchien vorzufinden sind.

Auch löst der Tod eure egoistischen Tendenzen vollständig auf, denn nur so ist es möglich, daß ihr euch als das erkennt, was ihr wirklich seid. Dies ist auch der Grund dafür, daß alle Weisen seit Bestehen der Welt versuchen, den Menschen klarzumachen, daß es gilt, sich seines Egos zu entledigen, um zu wahrer Erkenntnis über sich selbst zu gelangen.

Da das Ego sehr stark geprägt ist von gesellschaftlichen Konventionen und im Grunde selbstzerstörerischen Tendenzen, hindert es euch, euch selbst zu entfalten und euch als zeitlose Wesen zu erkennen.

Je mehr dieser selbstzerstörerischen Tendenzen ihr abzulegen imstande seid, umso mehr wunderbare Facetten eures Seins erschließen sich euch. Erkenntnis wird die Folge sein, und diese Erkenntnis macht euch frei, eure an sich unbegrenzeten Möglichkeiten auch tatsächlich auszunützen.

Je weniger euch das Ego beherrscht, umso geringer wird die Angst vor dem Tod, und der Vorgang des Sterbens verliert seinen Schrecken und wird zu einem sanften Wechseln der Dimensionen.

Denn es ist euer an das Irdische verhaftete Ego, welches euch die Aufgabe der irdischen Illusion so überaus schmerzhaft und dunkel erscheinen läßt.

Wie an anderer Stelle bereits erwähnt, geht es aber nicht darum, das Ego zu bekämpfen, denn auf Grund eurer Erfahrungen würde dies ein ungleicher Kampf, sondern es geht darum, immer mehr eurem Selbst, das in Form von Intuition in euer Bewußtsein dringt, in eurem Handeln zum Ausdruck zu verhelfen, und so dem Ego sozusagen gewaltfrei einen Kompetenzbereich nach dem anderen abzunehmen.

Wie in vielen anderen Bereichen auch, wäre es ein müßiges Unterfangen, das Ego mit Hilfe des Verstandes auf seine Unnotwendigkeit aufmerksam zu machen. Auch hier geschieht wirkliche Veränderung nur über das Herz.

Ende der Antwort

*Frage: Ich würde sehr gerne viel über das Wasser-
mann-Zeitalter wissen.*

Nun, ich denke, du wirst Gelegenheit bekommen,
vieles zu erleben und in deinem Leben zu erfahren,
was dieses neue Zeitalter und die damit verbundenen Veränderungen anlangt.

Die neue Zeit wird eine Zeit der einfachen Lösungen
der anstehenden Probleme sein, und diese einfachen
Lösungen werden ob ihrer Einfachheit besonders
wirksam sein. Das Aufbrechen überalterter und
menschenfeindlicher Strukturen ist in weiten
Teilen der Erde bereits sichtbar, und die damit
verbundene Unsicherheit der Menschen wird nicht
von langer Dauer sein, da sich sehr bald neue, vom
Bewußtsein der Einheit der Menschen getragene
Systeme verwirklichen werden.

Was die politische Situation und die Vielfalt politi-
scher Strukturen anlangt, so werden diese abgelöst
von einer Struktur, die auf Grund der Erkenntnis
des göttlichen Ursprungs des Menschen und eines
damit verbundenen tiefen Zusammengehörigkeits-
gefühls alle Grenzen überwindet und den Menschen
in die Mitte ihrer Bemühungen stellen wird.

Es wird in nicht allzu ferner Zeit einen Wechsel an
der Führungsspitze in fast allen der derzeit tonan-
gebenden Staaten dieser Welt geben, und diese werden sich über eine Form einer Weltregierung einigen, welche das Wohl aller Menschen, unabhängig
von Nationalität, religiöser Zugehörigkeit und politi-
scher Ideologie zum Inhalt hat. Die Menschen selbst
werden sehr rasch in großen Zügen die Verantwor-

tung für sich selbst und für ihre Umwelt erneut
übernehmen, was dazu führen wird, daß euer ange-
schlagener Planet sich allen Befürchtungen zum
Trotz in relativ kurzer Zeit regeneriert.

Die Veränderungen der gesellschaftlichen Strukturen werden für viele Menschen, vor allem für diejenigen, die allzusehr dem Besitzdenken verhaftet
sind, relativ schmerzhaft verlaufen.

Die größere Freiheit des einzelnen zwingt dazu, derzeit herrschende Strukturen neu zu überdenken,
und allzu enge Vorstellungen, den Umgang der
Menschen miteinander betreffend, aufzugeben.

Es wird sich eine Form des Zusammenlebens der
Menschen entwickeln, welche dem einzelnen alle
Möglichkeiten bieten wird, seinen verschiedensten
Fähigkeiten Ausdruck zu verleihen, sich in vollem
Umfang zu entfalten und trotzdem dem Bedürfnis
nach Geborgenheit nicht verlustig zu gehen.

Pause.

Die Auflösung der großen westlichen Religionen
wird auch zur Folge haben, daß große und wesentliche Teile des jetzt verborgenen Wissens frei zugänglich werden und das wahre Ausmaß des ursprüng-
lichen Christentums allmählich erkannt und in
eine Bewegung religiöser Art eingebracht werden
wird, welches jedem Menschen erlauben wird, seiner persönlichen Religiosität den entsprechenden
Ausdruck zu verleihen, und Aufgabe der religiösen
Führer dieser Zeit wird es sein, die Menschen behutsam und liebevoll ihres göttlichen Ursprungs zu

erinnern und die damit verbundenen Fähigkeiten an die Oberfläche ihres Bewußtseins zu heben. Wenn dieser Prozeß der Bewußtwerdung zum Tragen kommt, werden revolutionäre Möglichkeiten auf allen Gebieten der Wissenschaft, der Technik und der Kunst entdeckt und angewandt werden.

Auch sollte das neue Zeitalter auf Grund dieser vorher erwähnten Fähigkeiten parallel zur Gesundung der Erde zu einer Befreiung der Menschen von körperlichen Beschwerden führen.

Darüber hinaus sollte sich das Antlitz dieser Erde insofern ändern, als alles Störende und Unschöne daraus verschwindet und an seine Stelle längst vergessene, für die Menschheit als unwiederbringlich verloren geglaubte Schätze der Natur treten.

Die Verödung und Verwüstung weiter Zonen der Erde wird zum Stillstand kommen, und auf Grund der für die Menschen wohltuend sich auswirkenden Klimaveränderung wird es keine benachteiligten geographischen Zonen mehr geben.

Da alles für den Menschen und sein Wohlbefinden Notwendige im Überfluß vorhanden sein wird, wird es für den einzelnen nicht mehr notwendig sein, seine Energie dazu zu verwenden, sich das Nötigste zu beschaffen, sondern es wird möglich sein, in erster Linie sich der Entwicklung der geistigen Möglichkeiten zu widmen, um die daraus gewonnenen Erkenntnisse zum Wohle aller einzusetzen.

Trauer und Schmerz werden verschwinden, und die Menschen werden erkennen, daß Leid nur so lange notwendig war, als sie sich weigerten, sich selbst als göttlich und als Schöpfer aller Dinge anzuerkennen. Nun, das war's für heute, wenn ich für irgend jemanden von euch etwas tun kann, dann laßt es mich wissen.

Ich wünsche euch, daß das, was ihr im Augenblick anstrebt, sich erfüllt, eine angenehme Heimfahrt und eine gute Nacht.

Wünsche

Einen schönen guten Abend, ein herzlicher Willkommensgruß unserem neuen Gast.

Heute würde ich mich gerne ein wenig eingehender
mit den Wünschen und Träumen und ihren Erfül-
lungsmöglichkeiten auseinandersetzen.

Wünsche und Träume sind so etwas wie ein Motor,
welcher eure Lebensenergien in Zeiten, in denen es
euch so gut nicht geht, in Fluß zu halten imstande
sind. Gleichzeitig gibt es nichts mehr, was Ursache
für Enttäuschung und Kummer ist, als eure uner-
füllten Wünsche und Träume. Um auch nur annähernd an eure wahrhaften Wünsche heranzukom-
men, ist es zuerst notwendig, daß ihr euch zum
einen von Vorstellungen, eure eigenen Wünsche
und Träume betreffend, befreit, zum anderen für
einen Augenblick all das vergeßt, was ihr jemals
über mögliche Wunscherfüllung gelesen, gehört
oder euch auf eine andere Art und Weise angeeignet
habt.

Denn im Grunde ist Wunscherfüllung die einfachste
Sache der Welt, und es bedarf weder besonderer
geistiger Anstrengung, noch besonders harter, dis-
ziplinierter Arbeit, um dieses Ziel zu erreichen.
Denn jeder wirklich aus eurer Mitte kommende
Wunsch trägt seine Erfüllung in sich, unabhängig
davon, ob ihr etwas dazu tut oder nicht.

Das, was die Erfüllung eurer derzeitigen Wünsche oftmals verhindert, ist die Tatsache, daß es sich im Grunde nicht um eure Wünsche handelt, sondern um solche, die von eurem Verstand auf Grund gesellschaftlicher Konventionen künstlich erzeugt werden. In vielen Fällen würde die Erreichung dessen, was ihr so kritiklos als eure eigenen Wünsche annehmt, euch mehr zu Schaden gereichen als eurem Glücke förderlich sein.

Da ihr aber in eurem Innersten über ein Wissen verfügt, welches weit über die irdische Dimension hinausgeht, weiß euer wahres Selbst oftmals zu verhindern, daß sich diese an der Oberfläche durchaus berechtigt erscheinenden und, gemessen an den gesellschaftlichen Erfordernissen notwendigen, Wünsche erfüllen.

Wenn ihr erkennt, daß es sich bei Wünschen und Zukunftsträumen, bei deren Erfüllung ihr auf Widerstand stoßt, um solche eurer Entwicklung entgegengesetzte handelt, werdet ihr sehr rasch euren wahren Wünschen nahekommen, und ihr werdet feststellen, daß diese eurem göttlichen Selbst entstammenden Wünsche und Träume um ein Vielfaches großartiger und umfassender sind als eure bisherigen.

Auch werdet ihr feststellen, daß bei diesen Wünschen und Träumen keine Schwierigkeiten und Widerstände auftauchen, wenn es darum geht, deren Erfüllung in eurem Alltagsleben erfahrbar zu machen.

Ihr werdet auch bemerken, daß Hand in Hand mit der Bewußtwerdung eurer aus eurem Selbst kommenden Wünsche eure Freiheit und Unabhängigkeit immer größer wird, eure Abhängigkeiten in vielen Bereichen sich auflösen und eine Vielfalt von Türen sich für euch öffnet, welche euch neue Möglichkeiten aufzeigen, eurem Dasein Erfüllung zu geben.

Ihr werdet euch dann nicht mehr nur darauf beschränken, eure Entwicklung und eure Entfaltung abhängig zu machen von der Erfüllung materieller Wünsche, sondern ihr werdet euch einfach entfalten und entwickeln und wunschlos in den Genuß all dessen kommen, was ihr bislang vergebens zu erreichen suchtet.

Ihr werdet eure Energien nicht mehr dazu verwenden, das euch ohnehin Zustehende und Zukommende eurem „Schicksal" abzutrotzen, sondern ihr werdet mit ganzer Kraft euch euch selbst zuwenden und eure Energien anderen zur Verfügung stellen.

Denn ihr werdet erfahren, daß sich eure Wünsche, noch ehe sie an die Oberfläche eures Bewußtseins gelangt sind, bereits erfüllt haben.

Ihr werdet täglich aufs Neue überrascht feststellen, daß ihr Erfüllungen gegenüber steht, ohne euch des dazugehörigen Wunsches entsinnen zu können.

Dies ist eine Folge des angemessenen Umgangs mit eurer eigenen Schöpferkraft.

Wenn ihr aufhört, dem, was ihr für euch als wünschenswert erachtet, nachzujagen, wird es euch überholen.

Nichts von all dem, was in eurem Dasein wahrhaft zu erreichen ist, ist abhängig von Leistung im weitesten Sinn, sondern abhängig von eurer Fähigkeit, euch der Schöpferkraft zu bedienen und aus euch selbst zu schöpfen. Denn ihr seid eine Quelle, welche niemals versiegt, und je mehr ihr für euch und für andere daraus schöpft, umso kräftiger wird sie fließen.

Pause.

Glaubt nicht, daß das, was euch schwierig erscheint, was einen großen Aufwand an Energie erfordert, immer eurer Entwicklung dient oder das ist, was ihr euch gewünscht habt. Denn die Erfüllung eurer wahren Wünsche tritt als Freude, Glück und Gelassenheit in euer Leben, und niemals ist Leid, Trauer oder Schmerz Ausdruck eines inneren Wunsches, sondern Symptom eines Verhaftetseins an übernommene Wünsche und Träume.

Noch einmal sage ich euch, daß jeder einzelne eurer ureigensten Träume sich erfüllen wird und sich auf Grund dessen eure Lebensqualität, eure Wahrnehmung, eure Möglichkeiten, die Bewußtwerdung eurer Fähigkeiten, enorm steigern werden.

Es ist der denkbar schlechteste Weg, eure Wünsche und Träume eurem Verstand anzuvertrauen und sie von außen in die Tiefe eures Herzens zu senden, anstatt euch dem zu überlassen, wohin euer Herz und euer wahres Selbst euch führt.

Unangenehme Alltagssituationen, Krankheiten und sogenannte Schicksalsschläge entstehen aus der Weigerung, euch euch selbst anzuvertrauen.

Keine noch so aufwendige Therapie, keine noch so zeitraubende Beschäftigung mit Philosophien, wird euch den Weg ersparen, euch in eure Hände zu legen. Die einzige Möglichkeit, euer Dasein in Sein zu verwandeln, besteht darin, euch als göttlich zu erkennen. Ihr seid hier, um mit Freude und Leichtigkeit aus einem Übermaß in allen Bereichen des Seins zu schöpfen und euch dessen zu erfreuen. Dies wird euch dann gelingen, wenn ihr endlich zu euch und aus euch die Worte „ich bin" sprecht. Denn nur dann werdet ihr euch erfahren. Denn das, was ihr bisher von euch kennt, ist ein minimaler Bruchteil dessen, was ihr seid. Die nun rasch hereinbrechende neue Zeit macht es erforderlich, daß ihr möglichst umfassend euch selbst wahrzunehmen beginnt und euch eurer Fähigkeiten und Möglichkeiten bewußt werdet.

Eure wahren Wünsche sind im Grunde nichts anderes, als die Erinnerung an das Wissen um eure Fähigkeiten und Möglichkeiten, und je mehr ihr euch diesen überlaßt, umso mehr Wissen werdet ihr erinnern und in eurem Dasein zur Anwendung bringen können. Denn wenn ihr erkannt habt, daß ihr in eurem Sein grenzenlos seid, in euren Möglichkeiten uneingeschränkt, dann wird euch mit einem Mal klar werden, daß ihr im Grunde wunschlos seid.

Denn der Wunsch entsteht aus der Unwissenheit über eure Unbegrenztheit.

Denn welchen Wunsch könnte jemand haben, dem nichts unmöglich ist.

Macht euch also frohen Mutes auf den Weg zu euch selbst, und ihr werdet sehr bald euch auf einer Ebene wiederfinden, welche die gesamte Schöpfung einschließt und in eure Hände legt.

Wünscht mit dem Herzen, und Erfüllung wird die Folge sein.

Den Skeptikern unter euch sei, bevor sie ein endgültiges Urteil gegen sich selbst fällen, ein Versuch angeraten, der, so hoffe ich, überzeugender als alles andere zu wirken imstande sein wird.

Ich wünsche euch eine angenehme Heimfahrt, einen ruhigen Abend noch und gute Nacht.

Erkennen

Einen schönen guten Abend, ein besonderer Willkommensgruß all unseren Gästen, mit Freude begrüße ich unsere alten Bekannten und unseren
neuen Gast.
Es scheint, als würdet ihr euch alle im Augenblick,
mehr oder weniger bewußt, verstärkt mit kleineren
und größeren Problemen herumzuschlagen haben.
Daß dies so ist, hat seine Ursache darin, daß ihr in
den Tiefen eures Selbst darangegangen seid, euch
allmählich zu entdecken und euch auf die neue Zeit
vorzubereiten.
Euer Bewußtsein erweitert sich, und dies bringt mit
sich, daß ihr nun mit scheinbar gegebenen Umstän-
den nicht mehr zufrieden seid und nicht mehr alles
hinnehmt, was ihr euch selbst zu bieten habt.
Langsam steigt das Wissen um eure Unbegrenztheit
an die Oberfläche eures Bewußtseins, und ihr seht
euch mit Situationen konfrontiert, welche es euch
nicht leicht machen, nach euren alten Mechanismen zu funktionieren. Damit einher gehen Gefühle
der Unzufriedenheit, der Unsicherheit und Verwirrung.
Wisset jedoch, daß dieses Wissen sehr rasch in eurem Alltagsleben wirksam werden wird und euer
Dasein umwandelt in ein Sein.

Ihr werdet sehr rasch lernen, euch dieses Wissens zu bedienen, und die vielen neuen Möglichkeiten zur Gestaltung eures Lebens für euch zu nutzen.

Dadurch wird ein Prozeß in Gang gebracht, welcher immer mehr Wissen in euer Bewußtsein hebt, bis ihr euch selbst erkennt, und in diesem Erkennen wird euch alle Macht gegeben sein, was immer ihr werden wollt, zu werden, alles zu tun, was eurem Leben Freude bringt, all das zu erreichen, was für euch erstrebenswert ist.

Ihr werdet euch nicht mehr vom Verstand her fragen, wie denn nun mit der Schöpferkraft umzugehen sei, sondern ihr werdet einfach tun, aus dem sicheren Wissen um eure unendlichen Möglichkeiten.

Ihr werdet Gott in euch entdecken, und wenn ihr ihn entdeckt habt, werdet ihr in ihm und er in euch sein. Mit Freude werdet ihr alle Einschränkungen und Begrenzungen, welcher Art immer sie auch sein mögen, fallen lassen und euch in Dimensionen wiederfinden, von denen ihr im Augenblick nicht einmal etwas ahnt.

Nicht lange mehr, und ihr werdet endlich in euch Wohnung nehmen, um eure Unendlichkeit zu erfahren.

Da ihr dann der irdischen Illusion nicht mehr verhaftet sein werdet, , werdet ihr mit Freude und Nutzen an ihren Spielen teilnehmen, und da ihr sie durchschaut, werdet ihr nicht mehr Gefahr laufen, euch in ihnen zu verlieren.

Ihr selbst werdet euch Mittel zur Hand geben, welche es euch erlauben, spielerisch und gelassen jede

Situation zu meistern, und ihr werdet immer neue Situationen erfinden, um euch an euren neugewonnenen Fähigkeiten zu erfreuen.

Alles was war, was ist und was sein wird, wird euch in jedem Augenblick eures Daseins zur Verfügung stehen.

Ihr werdet Krankheit, Leid, Angst und sogar den Tod überwinden, denn ihr werdet die Illusion, die hinter all diesen Erfahrungen steht, durchschauen.

Ihr werdet einfach sein und in diesem Sein alles empfangen, wonach euer Herz sich sehnt. Ihr werdet nur euch selbst im Auge haben und damit die gesamte Schöpfung sehen.

Pause

Im Grunde ist euch all das nicht erst in ferner Zeit möglich, sondern jetzt in diesem Augenblick, wenn ihr erkennt, daß euer Sein sich jeden Augenblick mit all seinen Möglichkeiten, seiner Freiheit und seiner Unbegrenztheit neu definiert. Denn Vergangenheit und Zukunft existieren im Jetzt und sind gleichzeitig insofern völlig bedeutungslos, als jeder einzelne von euch es in der Hand hat, die gesamte Schöpfung in jedem Augenblick neu zu schaffen.

So philosophisch dies auch klingt, es ist im Grunde einfach erfahrbar zu machen. ICH BIN ist der Schlüssel.

Ihr werdet erstaunt sein über die Wunder, die zu vollbringen ihr imstande seid, wenn ihr einfach seid.

Denn euch eurer unendlichen Fähigkeiten und Möglichkeiten zu bedienen, bedarf es keiner Anstrengung und keines Kraftaufwandes. Es bedarf lediglich der Bereitschaft, diese anzunehmen.

Diese Bereitschaft wiederum entsteht, wenn ihr euch all die Liebe entgegenbringt, zu der ihr im Augenblick fähig seid. Dies wird die Liebe wachsen lassen, und in ihrem Wachsen erhebt ihr euch immer mehr über die Enge eures Daseins hinaus.

Macht euch bewußt, daß dort, wo ihr die Grenzen eures Universums zu erkennen meint, eure Unbegrenztheit erst beginnt.

Legt euer altes Gewand endgültig ab, und nehmt von euch euer königliches Gewand entgegen, denn jeder einzelne von euch ist unumschränkter Herrscher seines Königreiches, welches er beliebig nach seinen Wünschen zu gestalten aufgerufen ist.

Nun denn, so wißt, daß, wie groß die Sorgen und Kümmernisse jedes einzelnen von euch auch sein mögen, diese sich im ICH BIN auf der Stelle aufzulösen beginnen.

In diesem Sinne ziehe ich mich für heute zurück.

Den verstandesorientierten Freunden sei gesagt, daß eine Analyse des Gehörten mit der reinen Vernunft noch mehr Verwirrung hervorrufen wird, ein Herangehen mit dem Herzen einen Prozeß des Erinnerns all dessen einleiten wird.

Richtet in nächster Zeit eure Aufmerksamkeit verstärkt auf die Augenblicke eures Seins, und höchst erfreuliche Erfahrungen werden euch zuteil.

Ich wünsche euch allen eine ruhige Heimfahrt, einen angenehmen Abend und eine gute Nacht.

Beziehungen

Einen schönen guten Abend, ein herzlicher Willkommensgruß unseren Gästen.
Bevor wir zu einer allgemeinen Fragestunde übergehen, einige Gedanken zu einem Thema, welches,
wie mir scheint, vielfach die Ursache für einen Teil
eurer kleineren und größeren Probleme ist.
Es scheint, als wäre es für euch zunehmend
schwierig und kompliziert, eure vielfältigen Beziehungen befriedigend zu gestalten und aus diesen
Gewinn zu ziehen.
Vielmehr stellen sich eure Beziehungen untereinander oftmals als undurchschaubar, verwirrend,
und über weite Strecken euch das verweigernd, was
ihr euch erhofft, dar. Dies hängt zum einen damit
zusammen, daß ihr in vielen Fällen Opfer eurer eigenen Spiele werdet, zum anderen damit, daß ihr
meint, euch in euren Beziehungen als der– oder die-
jenige darstellen zu müssen, den oder die der jeweils
andere erwartet.
Darüber hinaus scheint ihr eure eigene Fähigkeit,
der gesamten Schöpfung wahrhafte Liebe entgegenzubringen, vergessen zu haben.
Das alles führt dazu, daß eure Beziehungen geprägt
sind von eurem Streben nach Anerkennung, nach
Macht, nach Verbesserung des Selbstwertgefühls,
nach Zuneigung, Geborgenheit und Wärme. Da-

rüber hinaus sucht ihr in jeder Beziehung, und sei
sie noch so kurzlebig, euch selbst zu finden. In
vielen Fällen findet ihr bestenfalls ein total verzerr-
tes, in keiner Weise eurer Identität entsprechendes
Abbild eurer selbst und werdet mit vermeintlichen
Stärken oder Schwächen von euch konfrontiert, welche in Wahrheit wenig mit euch zu tun haben.

Da ihr euch selbst zu wenig Liebe entgegenbringt,
seid ihr genötigt, dieses Defizit durch jede noch so
flüchtige Begegnung mit anderen Menschen aus-
zugleichen zu suchen. Denn da ihr ohne Liebe nicht
zu leben imstande seid, greift ihr nach jedem Stroh-
halm, der sich euch bietet und bleibt im letzten doch
unbefriedigt. Eure Sehnsucht bleibt so lange unge-
stillt, bis ihr erkennt, daß Liebe wenig mit den ober-
flächlichen Gefühlen, welche ihr für ihren Ausdruck haltet, zu tun hat, sondern eine Kraft darstellt, welche sich unabhängig von der Person verströmt.

Liebe ist nicht teilbar, und sie ist wie die gesamte
Schöpfung auch und wie all eure Möglichkeiten und
Fähigkeiten ein Angebot, welches einfach vorhanden ist, und es ist von euch abhängig, wieviel davon
ihr annehmt.

In den meisten Fällen begnügt ihr euch mit kleinsten Teilen dieses Angebotes, da diese genügen, um
eure vordergründigen Bedürfnisse wenigstens an
der Oberfläche zeitweise zu befriedigen.

Der weitaus größere Teil bleibt ungenutzt, weil ihr
euch aus einer Reihe von Gründen gesellschaftli-

cher, religiöser und moralischer Art weigert, euch
das gesamte Potential zu erschließen.

Hinter dieser Weigerung steckt die Angst, festge-
fügte Strukturen zu verlassen, vor allem aber die
Angst davor, euch selbst dieser Kraft anheimzugeben.

In den verborgenen Winkeln eures Herzens wißt ihr
um das Wunderbare dieser allumfassenden Liebe,
spürt ihr die Sehnsucht danach, und in manch seltenen Augenblicken eures Lebens taucht diese Kraft
und diese Macht in eurem Alltag auf.

In sehr frühen Zeiten wußten die Menschen um die
Größe dieses Angebotes und nahmen es dankbar an.
Sie liebten, ohne ängstlich darauf zu achten, ob diejenigen, denen sie Liebe entgegenbrachten, ihrer
auch würdig seien, und ohne darauf zu achten,
wieviel Liebe sie verschenken könnten, ohne sich
selbst zu verlieren, denn sie wußten, daß sie nur in
der Liebe sie selbst sein konnten.

Sie liebten, weil sie sich geliebt wußten und weil sie
dieser ungeteilten Liebe aus sich selbst heraus teil-
haftig wurden.

Das, was ihr heute als Liebe bezeichnet und in eurem Leben erlebt, ist im Grunde ein künstlich erzeugtes Gefühl, vom Verstand in die Welt gesetzt
und eingebettet in Taktik und Strategie.

Der Verstand und die Gesellschaft, sowie die damit
verbundenen Vorstellungen, diktieren die Regeln,
denen ihr euch unterwerft, in der Meinung, ihr
schütztet damit die Liebe, und übersehet dabei, daß

das, was ihr schützt, das ist, was euch daran hindert, das wahre Ausmaß der Liebe zu erfahren.
Pause.
Wenn ihr euch der Liebe, welche euch ständig umgibt, ohne euch sozusagen mit Händen und Füßen dagegen zu wehren, ergebt, werdet ihr erkennen und in eurem Dasein erfahren, daß eine Annahme dieser allumfassenden Liebe nicht notwendigerweise eine Aufgabe eures individuellen Sicherheitsbedürfnisses zur Folge hat. Ihr werdet im Gegenteil erkennen, daß ihr, eingebettet in diese Liebe, erst wahrhaft eurer selbst sicher sein werdet und eure Sicherheit unabhängig sein wird von äußeren Gegebenheiten.
Denn ihr werdet euch in allem, was euch begegnet, in eurer gesamten Herrlichkeit erkennen.
Neue Horizonte werden sich euch eröffnen, und in euer Leben tretende Möglichkeiten gefühlsmäßigen Erlebens werden ein euch überwältigendes Ausmaß erfahren.
Ihr werdet, wie in vielen anderen Bereichen eures Lebens auch, die wunderbare Erfahrung des Seins erleben, und das wunderbare Gefühl der Gelassenheit, des Glücks und der Freude aus euch heraus in eure irdische Realität ausstrahlen und euch damit neue Dimensionen erschließen und einen Seinszustand erschaffen, welcher keine Wünsche offen läßt.
Wenn ihr ein wenig in euren Erinnerungen kramt, werdet ihr solch seltene Augenblicke tief empfundener, aus euch kommender Liebe entdecken, und diese Erinnerung wird dazu führen, daß sich solche

Augenblicke mehren und allmählich euer Gesamt-
empfinden eine Veränderung erfährt.

Denn in solchen Augenblicken verströmt ihr mehr
Liebe als in manchen eurer Beziehungen trotz über
Jahre hin heftigen Bemühens eurerseits.

Wenn ihr mutig genug seid, eure vielfältigen Beziehungen auf die von euch und von anderen ange-
wandten Strategien hin zu untersuchen und für
euch diese Strategien ablegt, werdet ihr in einer
Reihe von ihnen an Wunder grenzende Veränderungen bemerken.

Vorläufiges Ende dieses Teils der Sitzung.

Nun bin ich bereit, die eine oder andere Frage zu beantworten.

Frage: Wodurch entsteht Angst, was ist Angst?

Eine kurze Frage für ein umfassendes Thema.

Angst ist grundsätzlich ein vom Verstand her
künstlich produziertes Gefühl. Sie entsteht immer
dort, wo ihr euch weigert, eurer inneren Stimme
Gehör zu verleihen, und ihr euch, anstatt euch
selbst zu vertrauen, euch immer mehr den Anforderungen und Erwartungen eurer Umgebung unterwerft und versucht, diesen so gut wie möglich gerecht zu werden. Angst entsteht auch, wenn ihr
versucht, einem Bild von euch zu entsprechen, welches von außen an euch herangetragen wird und
euch zwingt, euer wahres Selbst zu unterdrücken.
Angst entsteht, wenn ihr die Beurteilung eures
Tuns und Lassens abhängig von anderen macht,
wenn ihr euch an den Spielen der Gesellschaft betei-

ligt und euch dem von ihr ausgehenden Druck unterwerft.

Wenn ihr euch von allen negativen Vorstellungen euch selbst betreffend, löst, wird das Wissen um eure Intaktheit und eure Unantastbarkeit in euer Bewußtsein steigen, und nie wieder werden die Schatten der Angst über eurem Dasein schweben. Vorläufiges Ende der Antwort.

Frage: Du sagst in der 12 Sitzung: „In der Tat liegt der gesamten Schöpfung die Einfachheit zugrunde."
Was ist diese Einfachheit?

Auch hier scheint es angebracht, ein wenig weiter auszuholen, um den Begriff der Einfachheit annähernd einfach zu definieren. Ich würde daher vorschlagen, der Einfachheit halber diese Frage zum Thema der nächsten Sitzung zu machen.

Für heute sei's genug, ich wünsche euch allen einen angenehmen Abend und sehe mit Freude unserer nächsten Begegnung entgegen. Eine ruhige Heimfahrt den Angereisten und eine gute Nacht.

Verwirrung der Gefühle

Sitzung vom 4. 4. 1990

Einen schönen guten Abend, ein herzlicher Willkommensgruß unseren Gästen. Da diejenigen, welche die Frage, deren Inhalt die heutige Sitzung gewidmet sein sollte, nicht anwesend sind, werde ich
mir erlauben, dem Thema der vorhergegangenen
Sitzung weitere Informationen hinzuzufügen.
Das, was hinter den Gedanken der letzten Sitzung
steht, hat im wesentlichen mit dem Umgang mit
euren Gefühlen zu tun. Nun weiß ich aus eigener
Erfahrung, wie schwierig es sein kann, die Echtheit
seiner Gefühle herauszufinden, ohne einer Täu-
schung durch den Intellekt zu erliegen.
Dies ist deshalb so schwierig, weil ihr meint, daß
der Großteil dessen, was ihr empfindet, aus eurem
Herzen kommt. In Wahrheit handelt es sich in den
meisten Fällen um vom Verstand erzeugte Gefühle,
und diese haben wenig mit eurer wirklichen Fähigkeit, zu empfinden, zu tun. Eure Gefühle entstehen
auf Grund von Ereignissen, Erfahrungen, „realen
Situationen" und solchen Geschehnissen, welche
noch nicht eingetreten, aber von euch auf Grund
vergangener Erfahrungen herbeigefürchtet oder
herbeigesehnt werden. Je nach der vom Verstand
bevorzugten Betrachtungsweise lösen diese angenehme oder unangenehme Gefühle aus.

Da nun aber der Verstand ein Produkt eurer Erziehung und der euch umgebenden Gesellschaft ist, löst er Gefühle aus, welche in den Gesamtkontext der von der Gesellschaft als möglich erachteten gefühlsmäßigen Reaktionen passen.

Im Laufe eurer Entwicklung habt ihr euch mehr und mehr diesen begrenzten Erfahrungsmöglichkeiten anheimgegeben und seid nun mehr oder weniger ständig einer sogenannten „Verwirrung der Gefühle" ausgesetzt.

Zudem verhindert die ständige Produktion von Gefühlen verschiedenster Art, daß ihr euch eures Grundgefühls bewußt werdet, welches unabhängig von allen Zwängen in euch lebt.

In seltenen Augenblicken, in denen ihr euch aus euren selbst auferlegten Fesseln befreit, zeigt sich ein Schimmer dieses Gefühls in eurem Leben, und verwundert stellt ihr fest, daß dieses Gefühl und dieses Empfinden nicht abhängig ist von der Alltagssituation, in der ihr euch in diesem Augenblick befindet oder von den euch umgebenden Menschen.

Euer Grundgefühl ist die Freude des Seins, und diese kennt weder Angst, Verzweiflung, Neid, Haß, Aggression, noch Eifersucht oder Schmerz.

Wenn ihr darangeht, eure alltäglichen Gefühle zu überprüfen, werdet ihr erkennen, daß es durch das Zulassen des Grundgefühls möglich ist, euer gesamtes Empfinden zu verändern.

Mit dem gleichen Energieaufwand, mit dem ihr haßt, werdet ihr lieben, werdet ihr Trauer in Freude umwandeln, wird Großmut und Güte euer Leben prägen.

Ihr werdet nicht mehr darum kämpfen müssen, eure künstlichen Gefühle in den Griff zu bekommen, sondern eure wahren Gefühle werden bestimmend für euer Leben sein.

All eure Beziehungen und selbst die geringste Begegnung werden sich wunderbar einfach gestalten, denn ihr werdet euch nicht mehr mit Widersprüchen herumzuschlagen haben. Ihr werdet dann auch nicht mehr in einem sogenannten Lebenskampf gefangen sein, sondern euer Leben wird sich selbst leben, und ihr werdet mit Freude und Wohlgefallen auf andere und nicht zuletzt auf euch blicken.

Eure Beziehungen untereinander werden an Vielfalt zunehmen, weil sie nicht mehr aus Abhängigkeiten entstehen, sondern ihr euch eingebettet seht in dieses Grundgefühl.

Vorurteile werden verschwinden, und ihr werdet andere Menschen und nicht zuletzt euch selbst erst wahrhaft erkennen.

In diesem Grundgefühl, welches jedem Menschen innewohnt, unabhängig davon, wie er sich euch an der Oberfläche darstellt, lösen sich alle Unterschiede und alles Trennende auf.

Die Freude an euch selbst und dadurch an anderen wird der Ausgangspunkt für das Eingehen jeder Beziehung sein.

Wenn ihr, wie in anderen Bereichen auch, darangeht, eurem Verstand den untertänigen Gehorsam zu verweigern, und sozusagen damit beginnt, die

Produktion einzustellen, werden immer größere Teile dieses Grundgefühls in euer Leben einfließen.
Immer dann, wenn ihr geneigt seid, eine Situation automatisch mit Gefühlen zu besetzen, versucht, eine geringfügige Veränderung eures Blickwinkels herbeizuführen.
In vielen Fällen genügt es, wenn ihr damit aufhört, die Vergangenheit in eine gegenwärtige Situation einfließen zu lassen, und in manchen ist es notwendig, die Zukunft draußen zu lassen.
Ihr werdet erstaunt sein, wie rasch euer Gefühlsleben eine Veränderung erfährt.
Wenn euer Verstand nicht immer wieder ermutigt wird, bereits vergilbte Karteikarten auszugraben, wird er sich mit Freude einer großen Anzahl abgelegener Gefühle entledigen und Raum schaffen für die Freude.
Wenn es euch zudem noch gelingt, eure Mitmenschen unabhängig davon, wie sie euch begegnen, mit dem Herzen zu betrachten, werdet ihr lernen, das Fließen des Glücks und der Freude zu beschleunigen.
Pause.
Im Grunde macht ihr euch das Leben deshalb so schwer, weil ihr, durch euren Verstand beeinflußt, meint, ihr müßtet das Leben leben, anstatt euch leben zu lassen. Denn das, wovon ihr eure Lebensqualität abhängig macht, und das, was ihr als Leben betrachtet, ist über weite Strecken nichts anderes, als ein verzweifelter, von vornherein zum Scheitern

verurteilter Versuch, allen Anforderungen, außer den aus eurem Herzen kommenden, zu genügen.

Dies wiederum führt dazu, daß mit jeder von außen an euch herangetragenen und von euch mit viel Mühe und Kraftaufwand erfüllten Anforderung eine neue, noch größere entsteht.

In irgendeiner Form befindet ihr euch ständig auf der Flucht vor euch selbst und sucht Trost und Hilfe an eben jenen Stellen, welche euch überhaupt erst dahin bringen, dieses Trostes und der Hilfe zu bedürfen.

Im Grunde genügt es, einfach stehen zu bleiben, und viele von euch bringen sich selbst in immer unerträglichere Situationen, um diese einfache Wahrheit zu erkennen.

Stehen bleiben heißt, die innere Stimme zu hören, die euch immer wieder an eure Göttlichkeit erinnert.

Stehen bleiben heißt auch, sich dem Leben hinzugeben, wissend, daß es niemals endet.

In diesem Sinne wünsche ich euch noch einen angenehmen Abend, eine ruhige Heimfahrt und eine gute Nacht.

Liebe

Sitzung vom 11. 4. 1990

Einen schönen guten Abend, ein herzlicher Willkommensgruß unseren Gästen. Mit besonderer Freude begrüße ich die neu hinzugekommenen, und ich hoffe, daß es jedem einzelnen von euch möglich sein wird, jene Information mitzunehmen, welche es ihm ermöglicht, auf neue und effektivere Art mit dem ihn im Augenblick beschäftigenden Problem umzugehen.

Ich denke, daß es höchst nützlich ist, noch ein wenig genauer auf die Möglichkeiten zur Gestaltung zwischenmenschlicher Beziehungen und deren Auswirkungen auf euer Alltagsleben und auf eure Lebensqualität einzugehen.

Wie einigen von euch erinnerlich, haben die meisten Gefühle, welche ihr im Zusammenhang mit Liebe empfindet oder für deren Ausdruck haltet, wenig mit der euch innewohnenden Fähigkeit des Empfindens zu tun.

Es handelt sich in den meisten Fällen um einen automatisch auf Grund von vergangenen Erfahrungen aus der frühen Kindheit, Erfahrungen, die über eure Erziehung an euch herangetragen wurden, gesellschaftlichen Klischees, und auf Grund von euch übernommener oder von eurem Verstand geschaffener Vorstellungen ablaufenden Mechanismus, welcher weitgehend eure innersten Wahrnehmungen und die damit verbundenen, tief aus eurem Herzen kommenden Gefühle überlagert.

Dies führt dazu, daß eure sogenannten Liebesbeziehungen jene Erwartungen, welche ihr in sie setzt, nicht einzulösen imstande sind.

Darüber hinaus seid ihr in euren Beziehungen sehr oft Opfer eurer kritiklos übernommenen Vorstellungen, besonders was den „organisatorischen" Ablauf dieser Beziehungen anlangt.

Da ihr die Liebe als etwas von euch Getrenntes betrachtet, verfallt ihr in den Fehler, diese, wie vieles andere auch, für ewige Zeiten in euren Besitz bringen zu wollen. Daraus entwickelt sich ein Kreislauf ständigen Findens und Verlierens, aus dem auszubrechen euch scheinbar unmöglich erscheint.

Ihr achtet besorgt darauf, daß jeder, der mit euch zu tun hat, wie intensiv oder oberflächlich diese Beziehung auch sein mag, sich der Exklusivität eure Zuneigung bewußt wird und bleibt. Ihr verteilt manchmal großzügig, und manchmal geizt ihr mit dem, was ihr zu besitzen meint und übt damit Macht über euch und andere aus.

Ihr trachtet danach, die Menschen, die mit euch in Verbindung treten, zu besitzen, und ehe ihr euch eures vermeintlichen Besitzes zu erfreuen imstande seid, habt ihr euch und die anderen verloren.

Oft erkennt ihr eure eigenen Gefühle nicht, und viele eurer freundschaftlichen Beziehungen kommen dem Wesen der Liebe näher als viele eurer Liebesbeziehungen.

Dies alles ist möglich, weil ihr selbst in diesem Bereich, welcher im Grunde unmittelbar mit eurem Herzen zu tun hat, eurem Verstand die Regelung eurer diesbezüglichen Wünsche und Bedürfnisse überlaßt.

Eine weitere Ursache dafür ist der Mangel an Liebe, welche ihr euch selbst entgegenbringt. Denn trotz der immer lauter werdenden Stimme, welche euch auffordert, euch endlich mit aller Kraft zu lieben, scheint die Angst, sich zu lieben und sich lieben zu lassen, tief in euch zu stecken.

Da man euch gelehrt hat, daß alles, was ihr für euch tut, und sei es noch so geringfügig, eure egoistischen Tendenzen fördert und euch zu schlechten Menschen werden läßt, verweigert ihr euch selbst die kleinsten Annehmlichkeiten.

Und wenn ihr doch einmal nett zu euch seid, zahlt ihr einen hohen Preis in Form von Schuldgefühlen dafür.

Und so findet ihr euch erst recht ständig egoistischen Ansprüchen ausgeliefert.

Vielfach zieht ihr es vor, besonders viel für andere zu tun, euch in Arbeit, Beruf, sozialem Engagement und in euren Beziehungen aufzuopfern, um so wenigstens einen Teil jener Liebe und jener Anerkennung zu erhalten, die ihr euch selbst versagt. Darüber hinaus erlaubt euch diese Vorgangsweise die für andere nicht leicht durchschaubare Befriedigung so mancher egoistischer Bedürfnisse.

Im Grunde ist es einfach, aus diesem Kreislauf aus-
zusteigen und eurem Leben eine neue Wende zu geben.

Wenn es euch gelingt, euch selbst jene Liebe entgegenzubringen, welche ihr von anderen erwartet,
werden sich all eure Beziehungen derart umgestal-
ten, daß ihr allmählich zu ahnen beginnt, was das
Wesen der Liebe ist.

Denn je mehr Liebe ihr euch entgegenbringt, desto
rascher öffnet sich die Quelle der Liebe in euch, und
umso mehr werdet ihr getragen sein von der euch
seit Anbeginn der Schöpfung umgebenden Liebe.

Ihr werdet erkennen, daß ihr überhaupt nicht in der
Lage seid, diese Liebe egoistisch zu gebrauchen,
denn in dieser Liebe löst sich euer Ego auf, und an
seine Stelle tritt euer Selbst, und ohne Angst und mit
unablässig strömender Freude werdet ihr damit beginnen, diese Welt zu entdecken und sozusagen neu
zu sehen.

Ihr werdet imstande sein, euch selbst und andere
aus der Illusion der irdischen Realität hinauszu-
führen und Dimensionen eures Seins erfahren, welche euch das gesamte Spektrum schöpferischer
Möglichkeiten und Fähigkeiten zugänglich macht.

Pause.

Eine Hauptursache eurer Weigerung, euch selbst zu
lieben, scheint die Angst zu sein, die Liebe könnte
sich verbrauchen oder sie könnte enden.

Doch wisset, daß die Liebe niemals endet, und daß
selbst eure an der Oberfläche abgebrochenen Beziehungen niemals aus dieser Liebe herausfallen, und

auf einer euch nicht zugänglichen Ebene eures Bewußtseins seid ihr jedem Menschen, dem ihr jemals in Liebe begegnet seid, niemals endend verbunden.

Die Liebe umgibt euch, sie durchströmt euch, und wenn ihr den Widerstand gegen sie aufgebt, wird sie euch zu neuen Ufern tragen, deren Einfachheit, Schönheit und Klarheit all eure Vorstellungskraft übersteigt.

Es bedarf keiner großen Anstrengung und keiner besonderen Technik, um sich dieser Liebe bewußt zu werden.

Richtet einfach euren Blick nach innen, und ihr strahlender Schein wird euren Alltag erhellen. In dieser Liebe werdet ihr all eure Wünsche und Bedürfnisse, in welchen Bereichen eures Daseins auch immer, zur Erfüllung bringen, und nichts von alledem, was ihr ersehnt, bleibt unerfüllt.

Denn diese Liebe ist, und im Grunde brauchtet ihr nur alle Anstrengung und alles Bemühen aufzugeben, um sie zu erfahren.

Denn in Wahrheit haltet ihr sie in den Händen, und doch scheint es, als wäret ihr nicht in der Lage, dies zu erkennen.

Dies hängt wohl damit zusammen, daß ihr meint, daß das, was ist, erst zu dem gemacht werden muß, was ihr für euch als Ziel vor Augen habt.

Richtet also euer Augenmerk auf das, was am Wege liegt, denn es gibt nichts Größeres und nichts, was es mehr zu erreichen gilt.

In jedem Augenblick, in dem ihr euren spontanen Gefühlen Ausdruck verleiht, seid ihr imstande, diese Liebe zu erfahren.

Und je öfter ihr solchen spontanen Impulsen nachgebt, umso rascher wird die Angst vor der Liebe verschwinden, und eure Empfindungen werden eine völlig andere Qualität erhalten, welche weit über das hinausgeht, was ihr bisher für das Höchste der Gefühle gehalten habt.

Ihr werdet plötzlich in euch eine Gelassenheit und Heiterkeit entdecken und die Grenzenlosigkeit und die Vielfalt eurer verschiedensten Beziehungen spielerisch in eurem Alltag zum Ausdruck bringen. Ihr werdet euch auf euch und auf andere einlassen, und anstatt wie bisher befürchtet, euch zu verlieren, werdet ihr euch finden.

Ihr werdet nicht mehr von der Angst geplagt sein, wie immer gearteten gesellschaftlichen und moralischen Verpflichtungen zu unterliegen, sondern endlich die großen Liebenden sein, die ihr im Grunde immer schon wart.

Ihr werdet erstaunt sein und mit Freude feststellen, wie unendlich reicher und schöpferischer euer Sein sich gestaltet, und wie einfach und von doch ungeahnter Größe euer Umgang miteinander wird.

All eure Sorgen, Ängste und Zweifel werden der Kraft dieser Liebe unterliegen und endgültig aus eurem Dasein verschwinden.

Ihr werdet in euch und den anderen das Göttliche sehen, und alles Berechnende, Taktische und Strategische verliert seine Notwendigkeit. Ihr werdet einfach sein und in diesem Sein das ganze Ausmaß göttlicher Liebe erfahren und ausstrahlen.

Für heute sei's genug.

Gestattet eurem Intellekt ein wenig Pause, versucht nicht, aus diesen Informationen eine Methode zu entwickeln, sondern laßt sie wirken, und vertraut darauf, daß das, was ihr erfahren habt, sich in eurem Handeln und in eurem Empfinden manifestiert. Wenn ihr nicht eingreift, sondern geschehen laßt, werden erstaunliche Ereignisse und Erfahrungen die Folge sein.

Nun wünsche ich euch allen noch einen ruhigen Abend, eine angenehme Heimfahrt und eine gute Nacht.

Veränderung

Sitzung vom 18. 4. 1990

Einen schönen guten Abend, ein herzlicher Willkommensgruß den Gästen. Mit Freude nehme ich
die Anwesenheit einiger neuer Gesichter zur Kenntnis, und ich hoffe, daß jeder von euch ein wenig
mehr Gelassenheit mit nach Hause nehmen kann,
als er zur Bewältigung des Alltags braucht.

Da viele von euch im Augenblick mehr oder weniger
mit größeren und kleineren Veränderungen konfrontiert sind, denke ich, daß es förderlich sein
könnte, sich ein wenig mit dem Wesen der Veränderung auseinanderzusetzen.

Es scheint, als neigtet ihr zu der Ansicht, daß Veränderung zum einen etwas sei, was mit euch geschieht, und zum anderen, daß Veränderung notwendigerweise in vielen Fällen mit negativen emo-
tionellen Erfahrungen verbunden sein müßte.

In Wahrheit geht jeder Veränderung, und sei sie
noch so geringfügig, ein in eurem Innersten gefaß-
ter, bewußter Entschluß voraus, und erst dann,
wenn dieser Entschluß in eurem Innersten die nö-
tige Veränderung in eurer Denkstruktur oder eurer
emotionalen Struktur vollzogen hat, manifestiert
diese Veränderung sich in eurer Alltagserfahrung.

Da ihr aber über weite Strecken mit den aus euch
kommenden Informationen aus verschiedenen
Gründen nicht umzugehen imstande seid, bleibt

euch in vielen Fällen von diesem gesamten Prozeß der Umwandlung lediglich die plötzliche Konfrontation mit veränderten Situationen. In manchen Fällen löst diese Konfrontation Angst und Unsicherheit aus, und diese Angst und diese Unsicherheit verhindern oftmals, daß sich die gesamte Veränderung einer bestimmten Situation manifestiert.

Dies führt dann dazu, daß euch von durchaus positiv angelegten Veränderungen oftmals nur der schmerzliche Teil jener erfahrbar bleibt, das Endergebnis aber eine Verzögerung erfährt.

Dazu kommt noch, daß ihr für euch selbst eine Struktur scheinbarer Stabilität aufgebaut habt, und diese mit großem Kraftaufwand und allen möglichen Mitteln zu erhalten sucht.

Auf Grund eurer verschiedenen Abhängigkeiten von der euch umgebenden Gesellschaft, von eigenen Vorstellungen, habt ihr ein System entwickelt, welches euch scheinbar erlaubt, euer Leben in den meisten Bereichen kalkulierbar zu machen, und ihr verwendet viel Energie darauf, euch unerwünschte Veränderungen vom Leibe zu halten.

Euer vom Verstand diktiertes Sicherheitsdenken ist dermaßen ausgeprägt, daß ihr selbst dann, wenn ihr erkennt, daß eine Veränderung euch von unsäglicher Last befreien würde, an diesem Denken festhaltet.

In eurem Inneren aber drängt alles danach, euch dem Fluß eures Lebens zu ergeben, seid ihr ständig in Bewegung, und ständig geschieht Veränderung, ohne daß euch dies bewußt wird.

Da ihr euch aber auf Grund von von außen übernommener Meinungen beharrlich weigert, euch dem Fluß eures Lebens anheimzugeben, entsteht eine Situation, in der einerseits euer Leben danach drängt, euch in höchste Höhen zu führen, euer Intellekt andererseits verhindert, daß dies in eurem Alltagsleben für euch erfahrbar wird. Denn euer Verstand sagt euch, daß eure starre Struktur euch das höchstmögliche Maß an Sicherheit, an Erfahrungsmöglichkeiten und an Spielraum für euer Leben bietet.

Und wenn auch nur ein Gedanke an größere Möglichkeiten auftaucht, beginnt dieses scheinbar so sichere Haus in den Grundfesten zu erzittern und bedroht euch mit einem Einsturz. Und diese Bedrohung verstärkt die Angst vor Veränderung und gibt euren Vorstellungen von damit verbundenen leidvollen Erfahrungen immer wieder recht.

In Wahrheit aber verfügt ihr in eurem Innersten über alle Lösungs- und Veränderungsmöglichkeiten für jedes noch so geringe Problem und wißt ihr über alle notwendigen Schritte einer schmerzfreien Beseitigung euch belastender Lebensumstände Bescheid.

Fein säuberlich verpackt warten diese Lösungsmöglichkeiten und dieses Wissen darauf, von euch wahrgenommen zu werden und nutzbringend in eurem Leben zu wirken. Wie in anderen Bereichen auch, genügt der Entschluß, sich von unangenehmen Lebensumständen zu trennen, um die nötigen Schritte einzuleiten.

Der einmal gefaßte Entschluß setzt eine Reihe von Ereignissen in Gang, welche euch ohne euer Zutun, vor allem aber ohne Schmerz und ohne Trauer allmählich aus euren alten Strukturen herauslösen und euch in eine Sicherheit führen, welche keiner Strukturen und Stützen bedarf.

Es scheint, daß jeder von euch in der einen oder anderen Situation über solche Erfahrungen bereits verfügt, jedoch, wie in anderen Fällen auch, nicht wahrhaben will, was ist. Eines der Hauptübel der vom Intellekt geprägten Gesellschaft ist die Annahme, daß für eine positive Wende im Leben des Einzelnen und der Gesellschaft ständiges Bemühen notwendig sei.

Bemühen setzt voraus, daß jeder von euch allein die Verantwortung für alles trägt, und es ihm allein obliegt, willentlich sein Leben optimal zu gestalten.

Bemühen setzt auch voraus, daß diese irdische Realität und die damit verbundenen Anforderungen das einzig Existierende sind. Wenn ihr den Mut dazu habt, eure Bemühungen um ein besseres Dasein aufzugeben, wird dies eine radikale Veränderung eurer euch belastenden Lebensumstände zur Folge haben, und ihr werdet euch in einem Seinszustand wiederfinden, der nicht im entferntesten Ähnlichkeit mit eurem bisherigen Dasein hat.

Ihr werdet erkennen, daß euer Leben sich selbst lebt, und euch alles, was immer ihr an Wünschen in euch entdeckt, im Überfluß zur Verfügung steht.

Euer Leben wird dann eure Ängste, euer Leid, eure Begrenztheiten und eure Schmerzen auflösen, und ohne jemals auf Hindernisse zu stoßen, werdet ihr euch als alles, was ist, erfahren.

Pause.

Wenn ihr euch bewußt macht, daß jede Veränderung in eurem Leben eine Veränderung zum Positiven ist und im letzten Ausdruck der euch innewohnenden göttlichen Liebe, wird die Angst vor Veränderung aus eurem Leben schwinden und mit dieser Angst auch diese Veränderungen, welche ihr bisher als schmerzhaft erfahren habt.

Mit Freude werdet ihr euch der Bewegung in eurem Leben hingeben, und ein Übermaß an bereichernden Erfahrungen in allen Bereichen eures Seins wird die Folge sein. Alle Unsicherheit und alle Sorge wird der Vergangenheit angehören, denn euer Leben wird euch von einem Höhepunkt zum anderen führen, und jede neue Erfahrung erweitert das Spektrum eures Wissens, eure Fähigkeiten und eure Möglichkeiten werden uneingeschränkt zum Ausdruck kommen.

Kein einziges eurer wahren Bedürfnisse wird unerfüllt bleiben, und Freude und heitere Gelassenheit werden eure ständigen Begleiter. Ihr werdet dann für euch und für andere an Wunder grenzende Veränderungen bewirken und eine Verbundenheit mit allem, was euch umgibt, verspüren, welche euch eure Göttlichkeit und alle damit verbundenen Möglichkeiten erfahrbar macht.

In der dadurch entstehenden Losgelöstheit von dieser irdischen Realität werdet ihr eure Einheit mit ihr erfahren, und da ihr dieser nicht mehr verhaftet

seid, werdet ihr umso fester auf dem Boden der sogenannten Realität stehen und diese spielerisch zu
eurem und zum Nutzen aller formen und gestalten.
Ihr werdet euch in jedem Augenblick neu und unbelastet erfahren, und da ihr euch nicht mehr mit
Schuldgefühlen herumzuschlagen haben werdet,
werdet ihr einfach sein.
Und um all dies zu erreichen, genügt es, damit zu
beginnen, euch selbst wahrzunehmen, und das, was
ihr wahrnehmt, anzunehmen.
Es scheint mir angebracht, wieder einmal darauf
hinzuweisen, daß euer Intellekt in all diesen Ange-
legenheiten im Grunde über keinerlei Kompetenz
verfügt und es an euch ist, ihm über die Weisheit eures Herzens den Wind aus den Segeln zu nehmen.
Denkt nicht über das, was ihr heute erfahren habt,
nach, denn damit verhindert ihr eher das Wirk-
samwerden dessen, was diesen Informationen zugrunde liegt. Denn wie ich euch kenne, artet dieses
Denken über kurz oder lang in ein Bemühen aus.
Am besten, ihr nehmt es hin wie einen sanften Regen, der ohne euer bewußtes Zutun Unzähliges zum
Wachsen bringt.
In diesem Sinne wünsche ich einige bemühungs-
freie Tage und damit verbunden die eine oder andere
erfreuliche Erfahrung.
Für die nächste Sitzung würde ich eine Fragestunde
vorschlagen. Meine besten Wünsche begleiten euch,
einen angenehmen Abend noch und gute Nacht.

Die Weisheit des Herzens

Sitzung vom 25. 4. 1990

Einen schönen guten Abend, mit besonderer Freude begrüße ich unsere Gäste, unserem jüngsten Gast ein besonders herzlicher Willkommensgruß. Auch heiße ich unsere neuen Gäste willkommen.
Wie in der letzten Sitzung angekündigt, sollte unser heutiges Zusammensein in erster Linie euren Fragen gewidmet sein, und doch scheint es mir angebracht, zuvor ein wenig darüber zu reden, welche Möglichkeiten es gibt, jene Veränderungen in eurem Leben herbeizuführen, welche ihr für wünschenswert erachtet.
Wie einigen von euch sicherlich erinnerlich, habe ich in der letzten Sitzung darauf hingewiesen, daß das Bemühen um Veränderung, so lobenswert dies auch erscheinen mag, oftmals die Ursache dafür ist, daß gerade jene Veränderungen, die notwendig wären, um eurem Leben die diesem innewohnende Richtung zu geben, nicht eintreten.
Dies hängt damit zusammen, daß durch euer Bemühen in eurem Inneren ein Konflikt entsteht zwischen der Weisheit eures Herzens einerseits und der Gelehrsamkeit eures Intellekts andererseits.
Die Weisheit eures Herzens weiß genau um die notwendigen Schritte für jede gewünschte Veränderung Bescheid und ist auch in der Lage, diese Schritte einzuleiten, wenn ihr sie gewähren laßt. Da

Weisheit sich nicht in das enge Gefüge von Weltanschauungen und gesellschaftlichen Vorstellungen drängen läßt, sondern frei und in vielen Fällen unorthodox nach Ausdruck verlangt, ergeben sich unweigerlich Reibungspunkte, wenn euer Verstand, welcher sich vorwiegend an erlernten, anerzogenen, und an die euch umgebende Gesellschaft angepaßten Verhaltensmustern orientiert, seine Kompetenz und seine Bedenken anmeldet.

Wenn ihr nur einmal den Versuch wagen würdet, euch über den Herrschaftsanspruch des Intellekts hinwegzusetzen, würdet ihr erkennen, wie einfach und mühelos grundlegende Veränderungen geschehen, ohne daß ihr euch bemühen müßtet, und ohne daß eure Aufmerksamkeit von diesem Prozeß in Anspruch genommen würde.

Die Veränderung würde einfach da sein, und vielfach wäre sie wirkungsvoller und allumfassender, und euer Verstand wäre genötigt, eine tiefe Verbeugung vor der aus euch kommenden Weisheit zu machen.

Er würde sich in weiterer Folge aus freien Stücken dieser Weisheit unterwerfen und euch sozusagen nicht weiter ins Handwerk pfuschen.

Ihr würdet feststellen, daß selbst die größten, euch unüberwindlich erscheinenden Hindernisse vor dieser Weisheit zurückweichen.

Ihr würdet die Macht eurer Intuition erkennen, welche eure Schritte und eure Handlungen in jene Bahnen zu lenken imstande ist, die euch zu euch und eurem Sein führen.

Ihr würdet erfahren, daß all euer Handeln im Einklang mit euch selbst und in Harmonie mit der euch umgebenden Schöpfung steht.

Alle Schatten würden aus eurem Leben verschwinden, Gelassenheit, Gleichmut, Freude und Glück wären eure ständigen Begleiter.

Und all den von mir vorhin genannten, wie ich meine, durchaus erstrebenswerten Zielen, liegt der einfache Entschluß, sich der Weisheit des Herzens anheimzugeben, zugrunde.

Nicht mehr, aber auch nicht weniger ist nötig, um all dies zu erreichen, und ich denke, ein Versuch würde sich durchaus lohnen.

Wenn ihr eure Kämpfe, eure Methoden, und nicht zuletzt euer Bemühen aufgebt, werdet ihr Veränderungen in eurem Leben erfahren, die weit über eure Hoffnungen und Träume hinausgehen.

Laßt diesen Entschluß, einem Samenkorn gleich, in euer Herz sinken, in der Gewißheit, daß aus diesem Samenkorn sich all das entwickelt, was ihr darin zugrunde gelegt habt.

Wisset, daß euch alle Macht gegeben ist, der Zugang dazu jedoch nur über euer Herz möglich ist.

Ich verstehe, daß es euch schwerfällt, in manchen Fällen aus dem Lärmen eurer inneren Stimmen jene der Weisheit herauszuhören. Doch bedenkt, je aufmerksamer ihr euch euch selbst zuwendet, umso klarer wird die Stimme.

Wenn ihr einmal damit begonnen habt, das Vertrauen in euch selbst zu stärken, geschieht alles andere wie von selbst.

Pause.

Und nun stehe ich für eure Fragen zur Verfügung, ich erlaube mir, noch einmal darauf hinzuweisen, sich nach Möglichkeit auf eine einzige Frage pro Person zu beschränken.

Frage: Ich würde gerne mehr über Träume erfahren, über die verschiedenen Ebenen, auf denen man sich bewegt, und ob die Seele den Körper im Schlaf verläßt.

Grundsätzlich würde ich dieses Thema gerne in der nächsten Sitzung ausführlich und umfassend behandeln.

Träume sind eine von euren vielen Möglichkeiten, eure starren Grenzen zu lockern und diese zu überschreiten. Sie gewähren euch Einblick in euch selbst, und darüber hinaus macht ihr in euren Träumen von sehr vielen eurer Fähigkeiten und Möglichkeiten Gebrauch, um euch an den Umgang mit diesen zu gewöhnen.

Wenn es euch gelingt, wenigstens für einen Augenblick das meiste von dem, was ihr euch an Wissen über Träume und Traumdeutung angeeignet habt, in eurem Umgang mit euren Träumen beiseite zu lassen, wird sich euch ein völlig neuer Zugang zu diesen eröffnen.

Da sich eure Träume eurer ureigensten Symbolik bedienen und diese Symbole niemals getrennt von euren Erfahrungen, aber auch von dem in euch vorhandenen Wissen zu betrachten sind, ist es nicht möglich und auch nicht zielführend, mit Hilfe von sogenannten allgemeinen Symbolen an die Botschaft eurer Träume heranzugehen.

In vielen euch zugänglichen Informationen über Traum und Traumdeutung ist der Ansatz zwar richtig, doch bleibt auf Grund des Bemühens derjenigen, welche diese Informationen verfaßten, nicht viel mehr als eben dieser Ansatz. Macht euch bewußt, daß, wie in allen anderen Bereichen eures Lebens auch, es das Böse nicht gibt, und daß das, was ihr als Alptraum empfindet, sich bei genauerem Hinsehen oftmals als liebevoller und hilfreicher Hinweis für euch herausstellt.

Im Grunde gibt es den Alptraum nicht, denn auch diesem liegt eine durch einseitige Betrachtungsweise künstlich ausgelöste Angst zugrunde.

Da ihr gewohnt seid, oftmals nur das an der Oberfläche Liegende zu beachten, dringt ihr nicht in die tiefen Schichten eurer Träume vor und geht vielfach an der tröstlichen Botschaft derselben vorüber.

Für diejenigen unter euch, welche sich ein wenig intensiver mit ihren Träumen beschäftigen, schlage ich vor, auch in diesem Bereich das Bemühen um ein Verstehen ihrer Träume eine Zeit lang aufzugeben. Das gibt den Träumen die Möglichkeit, sich euch zu entschlüsseln.

Ihr werdet über die Fülle von hilfreichen Informationen erstaunt sein. Vorläufiges Ende der Antwort.

Frage: Erzähle mir bitte etwas über den Freitod und über die Folgen oder Nichtfolgen.

Da es den Tod in der Form, in der ihr ihn zu erleben befürchtet, in Wahrheit nicht gibt und jeder von euch unendlich ist, ist auch der sogenannte Freitod im Grunde eine Illusion und ergibt letztendlich keinen Sinn, da er nur die Oberfläche eures tatsächlichen Wesens berühren könnte.

Im Grunde ist das Spiel mit dem Tod ein Spiel des Verstandes und nicht wert, gespielt zu werden. Denn niemals ist die Entscheidung für den Tod eine Entscheidung des Herzens, denn das Herz weiß um die Unsterblichkeit nicht nur des Geistes, sondern auch des Körpers. Und wesentlich einfacher, als den Körper zu zerstören, ist die Veränderung des Bewußtseins.

Mit derselben Energie, welche notwendig ist, die Gedanken des Todes zu denken, ist es möglich, Berge zu versetzen und sich selbst in seiner Göttlichkeit zu erfahren.

Es genügt im Grunde, das Denken aus dem Kopf in das Herz zu verlegen, um den Tod ein für allemal aus dieser Welt zu verbannen.

Ich denke, daß wir uns in einer der nächsten Sitzungen ausführlich über das Leben unterhalten werden. Denn im Grunde ist der Tod kein Thema.

Da ihr euch aber dieser Illusion hingebt, will ich versuchen, das meine zu tun. Vorläufiges Ende der Antwort.

Nachsatz: Wenn ihr euch euch selbst ergebt, findet ihr Gott in euch, und nichts wird euch daran hindern, dieser Göttlichkeit Ausdruck zu verleihen.

Ich denke, für heute ist's genug. Ich wünsche euch allen einen Traum, der sich in einer Alltagserfahrung positiver Art interpretiert.

Meine besten Wünsche begleiten euch, eine angenehme Heimfahrt, einen schönen Abend noch und gute Nacht.

Träume

Sitzung vom 2. 5. 1990

Einen schönen guten Abend, ein herzlicher Willkommensgruß unseren Freunden. Mit besonderer
Freude begrüße ich unsere neuen Gäste.
Wie angekündigt, möchte ich mich heute mit euren
Träumen, deren Deutung und deren Botschaften beschäftigen und hoffe, daß die Informationen dazu
beitragen, daß es euch möglich wird, mehr Nutzen
für euer Alltagsleben aus euren Träumen zu beziehen.
Wie jedes Ereignis in eurer Alltagswelt auch, sind
eure Traumerlebnisse untrennbar mit euch verbunden. Vielfach nehmt ihr in euren Träumen weit
mehr von euren Möglichkeiten und Fähigkeiten in
Anspruch als in eurem sogenannten Wachzustand.
So gesehen lebt ihr in euren Träumen weit aktiver
und weit intensiver, und wenn es euch gelingt, die
Grenze zwischen Wachen und Träumen aufzulösen,
wird sich euer Leben wesentlich problemloser und
farbenprächtiger gestalten.
Dies ist möglich, wenn ihr eure Vorstellungen von
der Getrenntheit dieser beiden Zustände aufgebt und
euch bewußt macht, daß es diese Grenze in Wahrheit nicht gibt.
In vielen eurer Träume nehmt ihr Geschehnisse
und Ereignisse, welche euer Leben betreffen, vor-
weg, agiert sie aus und schafft so sogenannte „ent-

150

schärfte" Situationen, welche, in eurem Alltagsleben auftauchend, von euch nicht mehr bewußt als Teil eines Traumes wahrgenommen werden.

Da ihr im Zustand des Schlafes weitgehend aus der Kontrolle eures Verstandes herausfallt, ist es euch in euren Träumen möglich, eure Grenzenlosigkeit zu erfahren, und zu lernen, mit dieser umzugehen. Wenn ihr eure Träume aufmerksam beobachtet, werdet ihr feststellen, daß jene Träume, die ihr als Alpträume bezeichnet, besonders deutliche Hinweise auf euch einschränkende Vorstellungen beinhalten, und es wird euch möglich sein, allein durch das Erkennen derselben, diese in eurer Wachwelt zu beseitigen.

Eure Träume bedienen sich der Bilder aus eurer Erfahrungswelt und eurer ureigensten Symbolik. Wenn ihr darangeht, euch mit euren Träumen zu beschäftigen, dann macht euch bewußt, daß sie sich einer nur euch bekannten Sprache bedienen, und daß es für euch darum geht, euch dieser Sprache wieder zu erinnern.

Es geht also nicht darum, einen Traum zu deuten oder zu interpretieren, denn Interpretation oder Deutung unterliegt sehr oft Mißverständnissen.

Wenn ihr die Sprache eurer Träume erlernt und erinnert, werdet ihr die Botschaften verstehen, und eure Träume werden zu euch sprechen, und wie selbstverständlich werdet ihr sie verstehen.

Die Sprache eurer Träume verfügt über eine Sprachmelodie und einen für jeden einzelnen Menschen individuellen Rhythmus. Um also eure Träume zu verstehen, macht euch die Mühe, der Melodie zu lauschen, und stimmt euch auf den Rhythmus ein. Versucht zuerst nicht, die Bilder an Hand von Symbolen und deren Symbolgehalt zu entschlüsseln, sondern wartet darauf, bis die Erinnerung, ausgelöst durch die Aufmerksamkeit, aus eurem Inneren an das Bewußtsein dringt.

Jeder von euch verfügt über seinen eigenen Schlüssel zu seinen Träumen, und niemals ist ein sogenanntes allgemeingültiges Symbol auf eure Träume anwendbar. Auch wenn es noch so treffend erscheint, fallt ihr in den meisten Fällen einer Fehlinterpretation durch euren Verstand zum Opfer. Denn euer Verstand neigt dazu, solange an euren Träumen herumzudeuten, bis lediglich die euch ohnehin bekannte Begrenztheit übrig ist.

Wenn ihr eure Träume zu euch reden laßt, werden sie euch so ziemlich alles über euch selbst, euren Weg, eure Möglichkeiten und eure Fähigkeiten erzählen. Sie werden euch liebevoll auf eure Defizite hinweisen und euch gleichzeitig die Mittel zur Behebung derselben aufzeigen.

Sie werden euch behutsam über eine Grenze nach der anderen führen, die euch innewohnende Weisheit ans Licht eures Bewußtseins heben und euch mit euch vertraut machen.

Eure Träume werden euch lehren, euch in anderen Dimensionen sicher zu bewegen, sie werden euch Zusammenhänge aufzeigen und eure eingeengten Erfahrungsmöglichkeiten in eurer Wachwelt um ein Vielfaches erweitern.

Ihr werdet in euren Träumen eure Wünsche realisieren, und da ihr die Trennung aufgehoben, werden eure Träume wahr.

Eure Träume werden euch lehren, die Angst aus eurem Leben zu verbannen, und alles von euch nicht Gewünschte fernzuhalten.

Pause.

Wenn ihr euch mit der Sprache eurer Träume vertraut macht, verschwindet auch die vielen von euch eigene Neigung, sich in Kleinigkeiten und Nichtigkeiten, eure Träume betreffend, zu verlieren.

Wichtig erscheint mir auch, daß ihr euren Träumen Zeit gebt, zu euch zu sprechen, ehe ihr beginnt, mit ihnen zu reden.

Es ist nicht nötig, euch krampfhaft eurer Träume zu erinnern oder zu versuchen, diese festzuhalten.

Denn auch wenn ihr sie scheinbar vergessen habt, werden sie sich euch bemerkbar machen.

Wenn ihr eure Träume sozusagen entlaßt, werden sie zu euch kommen und sich euch offenbaren in ihrer Botschaft.

Dies kann geschehen in Form einer plötzlichen Erkenntnis, in Form eines Alltagsereignisses, einer unerwarteten Problemlösung oder eines befreienden Gefühls.

Viele von euch wenden viel Mühe auf, eine Traumsammlung anzulegen, ohne jemals mehr als intellektuelles Vergnügen und oft nicht einmal das daraus zu beziehen.

Wenn ihr die Sprache lernt, ist es nicht nötig, auch nur einen einzigen Traum aufzuschreiben, denn träumen ist leben, und der Fluß eurer Träume unterscheidet sich in nichts vom Fluß eures Lebens.

Bewußt träumen heißt in Wahrheit bewußt leben. Sowohl in euren Träumen, als auch in eurem Wachleben geht es darum, euch leben zu lassen, anstatt euch handelnd zum Leben zu zwingen.

Je mehr Trennungen ihr in eurem Wachleben aufzuheben imstande seid, umsomehr wird euer Leben eine Einheit, und eine neue Art von Wirklichkeit wird sich euch auftun, welche dem, was ihr in Wahrheit seid, weit mehr entspricht als das, was ihr bisher als Realität betrachtet habt.

Wenn eure Träume euch Angst machen, macht euch bewußt, daß es nicht eure Träume sind, welche diese Angst auslösen, sondern euer Verstand, und dann gebt ihnen zehn Minuten Zeit, sich euch verständlich zu machen.

Ihr werdet mit Erstaunen feststellen, wie wohltuend die Botschaft gerade solcher Träume ist, und in Zukunft werdet ihr eurem Verstand nicht mehr gestatten, euch von dieser Quelle abzuschneiden.

Wenn ihr dazu tendiert, Traumaufzeichnungen zu machen, dann vermeidet es, eure Träume sofort aufzuschreiben, denn ihr verfälscht sie, und vielfach ist das, was in den Träumen geschieht, in seiner ganzen Dimension sprachlich nicht erfaßbar.

Zeichnet auf, was euch der Traum erzählt, denn nur das entspricht der Wahrheit. Denn ihr werdet sehen, daß euren Träumen eine klare und einfache Sprache innewohnt.

Wenn ihr euch also genötigt seht, zu dokumentieren, dann dokumentiert die Sprache eurer Träume.
Wißt auch, daß niemals auch nur die kleinste Botschaft eines Traumes verlorengeht.
In vielen Fällen sollten die von mir angesprochenen zehn Minuten genügen, damit euch die Stimme eurer Träume gewahr wird.
Nehmt die Botschaft an, und haltet euren Verstand heraus, und eure Träume werden für euch von unschätzbarem Wert sein.
Ich denke, daß jeder von euch im Verlaufe der nächsten Woche eine sehr deutliche Traumerfahrung machen wird, um euch im Ansatz von der Richtigkeit der Informationen zu überzeugen.
Macht euch auch bewußt, daß es keinen einzigen Traum negativen Inhalts gibt, es sei denn, ihr legt besonderen Wert darauf.
In diesem Sinne wünsche ich euch traumhafte Zeiten, eine ruhige Heimfahrt, einen angenehmen Abend noch und gute Nacht.

Symbole

Sitzung vom 9. 5. 1990

Einen schönen guten Abend, einen herzlichen Willkommensgruß unseren Gästen. Diesem erlesenen
Kreis entsprechend, wird das Thema der heutigen
Sitzung dem Erkennen und dem Umgang mit Symbolen gewidmet sein.

Wie ich annehmen darf, verfügt ihr alle über mehr
oder weniger Erfahrung auf diesem Gebiet, und doch
scheint es, als gäbe es eine Reihe von Gebieten, auf
denen das Vorhandensein von Symbolen von euch
nicht erkannt wird. Dies nimmt euch eine faszinierende Möglichkeit, Informationen über euch, über
Situationen und Ereignisse zu erhalten, welche
euch den Umgang mit euch und diesen Situationen
wesentlich erleichtern würden.

Wenn ihr zuerst eure Vorstellung davon, wie ein
Symbol beschaffen sein muß, beiseite laßt, und euch
bewußt macht, daß im Grunde alles, was ihr mit
euren Sinnen wahrzunehmen in der Lage seid,
Träger von Information in Form von Symbolen ist,
werdet ihr Mühe haben, weiterhin achtlos an diesen
vorüberzugehen.

Macht euch bewußt, daß jede eurer Handlungen
über die oberflächliche Wirkung hinaus durch ihren
symbolischen Inhalt weit mehr für euch und für
andere bewirkt, als ihr annehmt.

Da ihr ein Teil all dessen seid, was ist, und es nicht möglich ist, euch getrennt von diesem zu betrachten, wirkt jeder von euch in diese Welt hinein und setzt viele Dinge in Bewegung, ohne die Zusammenhänge zu erfassen.

Wenn ihr eure Aufmerksamkeit erhöht, werdet ihr in einen Zustand geraten, welcher euch offen macht für eine Sprache, wie sie gewaltiger nicht sein kann.Ihr werdet Informationen über euer Tun erhalten, welche euch ständig auf den neuesten Stand eurer Entwicklung hinweisen, und es wird euch möglich sein, ohne Hilfe von außen eure Defizite zu erkennen, notwendige Korrekturen vorzunehmen, und durch die Fülle der Information werdet ihr euch ständig um eine Nasenlänge voraus sein. Das heißt, es wird immer schwieriger für euch werden, alten Mechanismen zum Opfer zu fallen, und immer einfacher, neue zu erkennen, ehe sie sich festsetzen. Die Art, wie ihr mit euren Mitmenschen umzugehen pflegt, zeigt euch zum einen, was ihr selbst von euch haltet, zum anderen zeigt sie euch bei genauerem Hinsehen, welche Seite eures Handelns einer Korrektur bedarf, und je nach dem, in welcher Form die Begegnung stattfindet, findet ihr Informationen über den euch Begegnenden.

Achtet in den Begegnungen auf eure Wortwahl, und ihr werdet erkennen, daß der Großteil eurer Gespräche verschlüsselte Botschaften an den anderen sind, und das, was ihr sagt, bei weitem nicht alles ist, was ihr in Wahrheit mitzuteilen trachtet. Von der Fähigkeit eures Gegenübers hängt es ab, wie

weit es ihm gelingt, die hinter euren Worten ste-
hende Symbolik zu entschlüsseln, und euch so das
Gefühl zu vermitteln, verstanden zu werden. Wenn
ihr also euer eigenes Gesprächsverhalten daraufhin
untersucht, werdet ihr eine Reihe von Symbolen
entdecken und so die verschiedensten Aussagen
über euch.

Wenn ihr Liebende seid, fällt es euch leicht, hinter
jeder Geste, jedem Gesichtsausdruck, jedem Wort
und jeder Handlung des Geliebten das Symbol der
Liebe, aber auch eine Reihe weiterer Symbole zu erkennen, und dies ist es, was das Gefühl der Ver-
trautheit in euch erzeugt.

Wenn ihr einen Spaziergang unternehmt, euren
Gedanken lauscht und gleichzeitig eure Aufmerksamkeit auf die euch umgebende Natur richtet, wird
euch Antwort, Zustimmung oder Ablehnung in all
euern Fragen. Ihr werdet den Zusammenhang zwischen den im Augenblick gedachten Gedanken und
dem Summen einer Biene in Zustimmung oder Ablehnung erkennen. Ihr werdet erkennen, daß euer
Fuß nicht zufällig in einem bestimmten Augenblick
an einen Stein stößt.

Ihr werdet in den Begegnungen mit Menschen, deren Namen, deren Beruf, den Zusammenhang zwischen der Begegnung und den euch im Augenblick
beschäftigenden Problemen erkennen und daraus
Antwort und Hilfestellung erfahren.

Ihr werdet wissen, daß jene Wolke eine Antwort auf
die gedachte Frage ist, daß der Windstoß eine Zustimmung zu eurem Weg verheißt, und ihr werdet

lernen,die Sprache der Steine, der Erde, des Regens und des Windes, der Gräser und Pflanzen, des Feuers, der Tiere und nicht zuletzt der Menschen zu verstehen.Die gesamte Schöpfung wird ihr Wissen mit euch teilen, und nie wieder werdet ihr euch unverstanden fühlen.

Pause

Ihr werdet wissen, wann ihr zu handeln habt, weil euer Blick im Augenblick der Unsicherheit eine Zahl zeigt, die sich gleichzeitig mit dem Betrachten dieser Zahl als die Information mitteilt. Ihr werdet wissen, wohin euer Weg euch führt, weil ihr aus einem Gespräch ein Wort heraushört, welches euch den Weg weist. Ihr werdet wissen, wie eure wahren Gefühle beschaffen sind, weil ihr einem Menschen begegnet.

Ihr werdet erkennen, daß die sogenannte allgemeine Symbolik im Grunde nur ein verschwindend geringer Teil der Möglichkeiten dieser eigentlichen Sprache der Schöpfung ist. Über diese Sprache werdet ihr die Vielfältigkeit eurer Möglichkeiten entdecken, und das, was seit Jahrhunderten als sogenanntes geheimes Wissen gehandelt wurde, wird sich euch auf die einfachste Weise darbieten. Ihr werdet weite Bereiche eures Denkens vereinfachen, da es für euch nicht mehr nötig sein wird, Vermutungen anzustellen, denn ihr werdet Wissende sein, und dieses Wissen wird euch sicher und selbstbewußt machen. Euer Umgang mit euren Mitmenschen wird liebevoll und gütig sein, weil ihr jeden Blick und jede Geste zu deuten versteht, und ihr selbst in schwierigen Begegnungen euch vor Schaden zu bewahren imstande seid, und es euch möglich ist, dem anderen zu helfen.

Eine faszinierende Welt wird sich euch auftun, und über diese Sprache werdet ihr lernen, die Schleier vor euren Augen aufzulösen und Sehende zu werden. Ihr werdet das Wirken des Göttlichen in euch und um euch erkennen und immer tiefer in einen Seinszustand kommen.

Wichtig bei alledem ist, daß ihr zulaßt, was zu Beginn als leises Ahnen in euch aufsteigt, bis ihr immer mehr dieser Sprache mächtig werdet. Es ist eine einfache Sprache und weit entfernt von intellektuellen Höhenflügen sprachlichen Ausdrucks. Es ist eine liebevolle Sprache, frei von negativen Einflüssen. Es ist die Sprache des Herzens, und nur über das Herz ist sie erlernbar. Wenn ihr euch auf diese Sprache einlaßt, wird alles, was bis jetzt stumm war, beredt, und ihr werdet das ganze Ausmaß göttlicher Liebe erkennen und erfahren. Ihr werdet über diese Sprache gewaltige Zusammenhänge erkennen, Vergangenheit, Gegenwart und Zukunft werden miteinander verschmelzen, und euer Leben wird eine Wende erfahren, wie sie größer und schöner nicht sein könnte.

Denn über diese Sprache wird es möglich sein, alles Trennende aufzuheben und die alles verbindende Einheit zu erfahren.

Ihr werdet in der Lage sein, eure eigene Sprachlosigkeit aufzuheben, und imstande, klar und einfach euch selbst auszudrücken. Ihr werdet wahrhaft Hörende werden, und über das Hören , das Sprechen und das Sehen wird sich euer Fühlen und euer Empfinden auf wunderbare Art verändern.

Mit dieser Botschaft verlasse ich euch für heute, ich wünsche allen eine gute Heimfahrt, einen angenehmen Abend noch und gute Nacht.

Weitere Titel in unserem Programm

MO
Über das Unwesen
der Psyche und das
Wesen der Liebe

Kristallklar
führt uns dieses Buch
in 19 Stationen
von den
Vor-Stellungen und Prägungen und Begriffen
die uns einschränken
hin zum Gewahrsein
der Liebe.

Erschienen bei
NEUE ERDE

*

Vier Kapitel dieses Buches gibt es,
gelesen von Werner Ofner, auf Kassette.

*

Bitte fordern Sie unser aktuelles Gesamtverzeichnis an:

Neue Erde Verlag GmbH
Rotenbergstr. 33
D-66111 Saarbrücken